母性

湊佳苗
Minato Kanae
王蘊潔—譯

Bosei

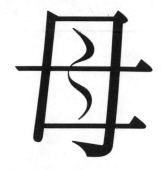

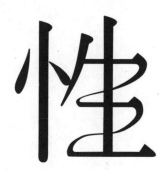

目次

第一章

莊嚴時刻

關於母性

十月二十日凌晨六點左右，Y縣Y市＊＊町的縣營住宅中庭，發生了一起死亡事件。就讀該市縣立高中的女學生（十七歲）倒在中庭內，女學生的母親發現後，立刻向警方報警。

＊＊分局發現女學生從四樓的住家墜落中庭，目前正朝意外和自殺兩個方向偵辦這起案件。

女學生的班導師說：「該生個性認真，也很受同學的信賴，平時並不覺得她有什麼煩惱。」女學生的母親哽咽地說：「我難以相信自己盡己所能地疼愛、悉心照顧的女兒會發生這種事。」

母親的手記

我盡己所能地疼愛女兒，悉心照顧她長大。

聽到我毫不猶豫地這麼說，神父問我：「為什麼？」這是一個簡單的問題，我卻無法立刻回答。神父對我說：「請妳好好思考，可以下次再回答我。」

為什麼要悉心照顧孩子？

有生以來，第一次有人問我這個問題。此刻，當我在神父給我的筆記本上書寫時，發現了這件事。仔細思考一下，就會發現這個問題很奇怪，因為對行為發問時，不是通常只針對不良行為嗎？

為什麼要說謊？

為什麼要偷東西？

為什麼要殺人？

問為什麼說謊，每個人應該都這樣問過別人，或是被別人問過。任何人有不良行為必定有原因，想要瞭解其中原因的欲求，算是人類的本能。最好的證明就是，世人對於那些從報紙、電視和週刊雜誌所知道的、和自己毫無交集的事件也會產生好奇。當無法瞭解原因時，就會發揮憑空想像的能力，對於「為什麼」這個問題也不例外。

為什麼稱讚我？

為什麼送花給我？

為什麼我死了，你會感到難過？

這些並非不良行為，而且和針對不良行為問的「為什麼」有明顯的不同之處。

發問的人內心已經預測了答案，並不是因為不知道而問，而是明知道答案，但想要聽對方親口說出來，想要確認，所以才故意發問。

因為你很努力。

因為我喜歡你。

因為我愛你。

因為想要聽到這些動聽的話，因為想要聽到這些讓內心溫暖、滿足的話。為了確認母親對我的愛，為了確認我是全世界最受寵愛的人，所以從小就不停地問母親「為什麼」。母親的回答總是如我的預期，或是超乎我的預期，絕對不會背叛我，絕對不會——

啊，雖然神父對我說：「面對自己的內心，把從心裡流瀉出來的話寫下來。」但事情應該沒有這麼簡單。

雖然回想那一天令我痛苦，但我必須靜下心，依序寫下我和女兒之間發生的一切。

我在二十四歲那年結了婚。

當時，我從縣內某都市的短期大學畢業，回到Y市，在一家紡織公司做內勤工作。受同事的邀約，一起去參加了市民文化中心繪畫班，在繪畫班結識了田所哲史。

那是我第一次接觸油畫，但因為從小就很擅長畫畫，所以很快就樂在其中。上課時，我總是坐在第一排中間的座位，經常踴躍地向曾經在知名比賽中得獎的老師發問，專心完成自己的畫作。

老師每個月都會挑選前三名的作品，展示在市民文化中心旁的雷諾瓦咖啡店。因為我的努力，很快就擠入了前三名。

我畫的是插在白色花瓶中的紅玫瑰。

繪畫班有十名學生，雖然都是基於興趣來學畫，但能夠入選前三名，令我高興不已，更感到自豪，和同樣是第一次入選的佐佐木仁美欣喜若狂地拉著手。

另一名入選者就是田所。

他的作品從第一次開始就是雷諾瓦的常客。繪畫班的學生中，等於是除了他以外的九個人在競爭另外兩個名額。

我討厭他的作品，因為他的畫太陰沉了。

雖然我們看到的都是花、水果和小提琴這些靜物，但我和他使用的色調和構圖的角度完全不同。我的畫可以感受到這些靜物滿溢的滋潤、溫暖和明亮，然而，從他的畫中完全感受不到這些要素。

繪畫班的同學在雷諾瓦簡單地稱讚我畫得很好之後，也對他的畫讚不絕口，而且還說他這次畫得特別好。從他運用獨特的深紅色畫的玫瑰花瓣中，的確可以感受到類似熱情的東西，然而整體的色調一如往常的灰暗，那只不過是一幅陰鬱的畫作。我不想讓他以為我在嫉妒，所以也在一旁稱讚說：

「田所先生，雖然你的畫總是很悲傷，但情緒很飽滿，很能夠打動人心。」

他並沒有很高興，反而對我露出輕蔑的眼神，當大家圍坐在桌子旁討論美術時，他也沒有加入，獨自坐在吧檯前抽著菸，喝著咖啡。我這輩子第一次遇到這種對待。這個人真沒禮貌。在我至今為止的人生中，只要我稱讚他人，對方都會露出滿面笑容。

但是，仁美的一句話立刻趕走了我不愉快的心情。

「看到妳的畫，就可以清楚地感受到，妳從小在充滿愛的環境中長大。」

從小在充滿愛的環境中長大。仁美從東京的女子大學畢業後，目前在公所上班，一看就知道是高知識分子。

我太開心了，回家之後，告訴了母親。

「如果妳的畫作充滿了愛，那並不光是因為我和歐多桑在妳身上投注了愛，更因為妳完完全全地接受了這份愛。」

母親這麼對我說，第二天，就和我一起去看了我的畫。雷諾瓦咖啡店的老闆一看到母親，立刻問：「是妳姊姊嗎？」這句話我們早就聽膩了，因為第一次看到我們母女的人，幾乎都會說這句話，但還是有點高興。母親和我相視而笑。

母親從看不到名牌的位置，一眼就認出了我的畫，然後走到畫作前說：「我就知道是這幅。」盯著畫作細細打量了很久。

「雖然妳從小就很會畫畫，沒想到畫得這麼好，可以感受到妳投入了真心。」

投入了真心。母親從小就用這句話稱讚我，我的回答也每次都一樣。

「因為玫瑰是您喜歡的花，我是為您而畫的。」

為了母親。從小到大，無論是繪畫、作文、書法、讀書，還是運動，我都是為了讓母親高興，為了得到她的稱讚而努力去做這些事。照理說，我應該會聽到母親回答：「啊，真高興。」沒想到我說的這句話失去了接收的對象，空虛地在空氣中徬徨，隨即消失了。

——這逍遙綻放的玫瑰，心湖內部所映照的是哪一片天空？

母親悅耳如詩句般的話語和熱切的視線，都投向田所的畫。

如果是別人稱讚他的畫，我還可以在心裡不以為然地認為：「這些人誤以為只要稱讚灰暗的畫作，就可以讓人覺得他有深度。」但我無法對母親置之不理。因為我是母親的分身，看到相同的事物，怎麼可以有不同的想法？

但是，母親完全不理會我的想法，對田所的畫讚賞有加。

「不知道畫這幅畫的是怎樣的人？這些綻放的玫瑰呈現了最美的瞬間，之後只剩下凋零的命運。這幅作品太出色了，充分表現了生命最後一刻綻放的美麗。畫這幅畫的人清楚地知道，生物在意識到死亡的瞬間最美麗、最高尚。」

母親的一席話，讓我對眼前這幅畫作的看法有了一百八十度的改變。然後我發現，也許母親從這幅畫中看到了父親的身影。

父親在三年前罹患癌症去世了。那時候我是短大二年級的學生，平時住在學生宿舍，無法和母親一起為父親送終。

聽母親說，父親躺在家中的床上，無法忍受轉移到全身的癌症造成的疼痛，痛苦地叫喊，在床上打滾了一整晚。但是，黎明時分，他的疼痛神奇地消失了，平靜地用清澈的雙眼看著母親說：「遇見妳是我最大的幸福，謝謝妳這麼多年的陪伴。」然後就閉上了眼睛，彷彿安詳地睡著了。

在母親眼中，父親當時的身影成為心愛的人在臨終綻放的美麗，所以才會對田所的畫有不同的詮釋。

如果把這幅畫送給母親，她不知道會有多高興。

隔週，上完繪畫課後，我約田所去了雷諾瓦咖啡店，希望展示結束後，他可以把畫作割愛給我。

「真意外，我還以為妳不怎麼喜歡我的畫。」

田所察覺到我當時的稱讚只是恭維。

「起初的確覺得只是一幅陰沉的畫，但看久了之後，發現可以從畫中看到只有意識到死亡的生命才能夠表現的美麗，就再也忘不了那幅畫了。」

我不願意把母親的話直接告訴他，所以稍微改變了說詞。

「沒想到妳竟然理解得這麼透徹，我希望有機會進一步瞭解妳。」

令人驚訝的是，他想要和我交往。但是，我早就習慣別人想要和我交往，也很習慣拒絕別人，所以並不感到緊張。

「如果你覺得我配得上你……」

我低著頭，故作害羞地說，但暗自決定先和他約會一、兩次，等拿到他的畫之後，就告訴他無意深入交往。

即使再怎麼放寬標準，田所的長相也絕對稱不上英俊，只是略微凹陷的明亮眼睛和父親有幾分神似，所以我並不討厭他。只不過我的父親是高中的英文老師，田所則是從東京相當知名的K大畢業之後，在鐵工廠當工人，完全不符合我想嫁給師字輩的要求。

既然這樣，為什麼會結婚？

如今，我已經搞不懂這個「為什麼」到底是針對好的行為，還是不良的行為發問。

母親在我背後推了一把，促使我決定和他結婚。

田所在第一次約會道別前，除了那幅畫以外，還送我一本《里爾克詩集》。他開車載我去紫陽花公園，但即使看到姹紫嫣紅的紫陽花，即使午餐吃了知名餐廳的料理，我們也無法聊得很投入，更沒有心動的感覺，從頭到尾都是一次無聊的約會。

他已經把畫帶來了，所以我心想，這是第一次，也是最後一次約會。臨別時，他雖然送了我禮物，卻沒有約我下次見面，我除了道謝以外，不便再說什麼。

我事先告訴母親，要和田所出門約會，也告訴她約會對象就是畫那幅畫的人。我這輩子從來沒有隱瞞過母親任何事。

回家後，母親看到畫當然高興不已，看到《里爾克詩集》時，也像詩中的少女般雙頰緋紅，發出歡喜的聲音。

「他果然喜歡里爾克。我結婚之前，也曾經送了這本詩集給妳父親。」

說完，母親開始背誦〈玫瑰花心〉。之前她看著田所的畫，輕聲吟誦的就是這首詩中的某一段。

——玫瑰幾乎無法自持，內在的空間如此盈滿，滿溢到外面的世界。

這時，田所打電話來，問我是否喜歡他送的禮物。我看到母親幸福的樣子，只能回答「喜歡」。當他問我下次是不是還可以單獨見面時，我無法拒絕。

第二次約會時，我們去看了電影。雖然我已經下定決心，即使田所在臨別時沒有提出下次繼續約會，我也要告訴他，以後不要再見面了。沒想到還是無法說出口，因為那部外國愛情片的女主角經歷了動盪起伏的人生，令我深受感動。當我們看完電影走進咖啡廳時，我忍不住激動地和他分享了感想。

「田所先生，你有什麼感想？」

「我雖然很感動，但最後主角那句臺詞的翻譯有點問題。她在跳上火車時說的那句『the point of no return』不應該譯成『我回不去了』，翻譯成『我已經沒有退路了』，這樣更符合那個場景。」

也許有人覺得這種人很矯情，惹人討厭，我卻有一種懷念的感覺。每次和父親一起去看電影，父親也都會說同樣的話；而田所單手拿著咖啡，用標準的英文哼著店內播放的爵士歌曲的樣子，也和父親如出一轍。雖然無法和他談笑風生，卻可以和他共同擁有舒服自在的時光，這件事令我不知所措。

在這種情況下，當他拿著裝了兩塊咖啡店賣的蛋糕遞給我，請我和母親一起吃時，我只能向他鞠躬道謝。

第三次約會時，他就向我求婚了。

「要不要嫁給我？」

我們在雨中開車去兜風，途中走進一家餐廳時，他突然向我求婚，我立刻回答說：「希望你先和我母親見一次面，之後我再回覆你。」可能有人在自己表明心跡後，聽到對方說要先和父母商量，會覺得很不以為然，但田所點了點頭說：「那倒是。」還希望我也見一見他的父母。

我對於和田所的父母見面完全沒有任何不安，我很有自信，他們一定會喜歡我，因為我從來沒有被長輩討厭過。

但是，仁美向我提出了忠告。在上完繪畫課後，她找我去雷諾瓦咖啡店，一開口就直截了當地說：

「妳嫁給哲史絕對會吃苦頭，我勸妳還是趁早打消這個念頭。」

仁美告訴我，她是田所的老同學，兩家住得很近，對田所和他的家人都很熟。我和田所交往的事沒有告訴繪畫班的任何人，她怎麼會知道？雖然我內心產生了這個疑問，但我和田所並沒有變裝約會，可能剛好被她看到吧。所以，在聽仁美說話時，我並沒有太介意這件事。

「他以前讀書時，曾經參加過抗爭運動。雖然沒有遭到逮捕，但回到這裡之後，在第一家上班的公司和上司鬧翻，半年就被開除了。可能是因為這樣學乖了，所以他之後比較收斂，但不知道什麼時候會再度爆發。他的性格很麻煩。」

仁美指的是他曾經參加過學生運動。以前我們宿舍裡也有幾個人經常參加集會和抗爭，但我對那種活動沒有興趣。我對這個世界並沒有什麼不滿，所以並不想要大聲抗議，而且，我也不想手拿武器和別人打來打去，讓父母擔心、難過。雖然我和田所之間價值觀有差異，但那是我和他之間必須討論的問題。

「我覺得他很坦誠啊。」

即使我這麼回答，仁美的忠告仍然沒有停止。

「還有更麻煩的事。他們家原本是地主，所以經濟方面沒有問題，但他爸爸很彆扭，他媽媽很囉嗦，尤其要注意他媽媽，對人很刻薄，即使是外人，也會百般挑剔，我以前常被她罵。如果妳嫁進他們家，一年到頭都會被罵，像妳這種大小姐，絕對會被他們逼瘋的。」

「謝謝妳的忠告，我會好好思考。」

我一臉誠懇地向她道謝，心裡卻覺得仁美一定是做錯了什麼事，所以才會挨罵。我向來很擅長察言觀色，思考對方要的是什麼，然後才付諸行動，別人不可能挑剔我。

事實上，田所帶我去他家時，我完全沒有被挑剔什麼，仁美的忠告根本沒有意義，不，她的忠告反而等於推了我一把。

為了避免被他母親挑剔，我努力追求完美表現，結果甚至沒有發現田所的母親一次也沒有稱讚我。平時的我絕對會發現，並在決定結婚之前，一定會和母親討論內心的這種不安，請她和田所的父母見面。

但是，我當時心情太好，覺得接下來只要田所能夠通過母親的審查，這樁婚事就可以決定了。

田所穿著西裝，帶著自己的畫來到我家。那是一幅紫陽花的畫，田所告訴母親，這是我們第一次約會時看到的紫陽花。只是我那天看到的是沐浴著燦爛陽光、呈現鮮豔紫色的花，並不是在一片陰沉天空下，只有花才有顏色的寂寞景象。他是上門來求婚的，卻帶這麼不吉利的畫，我有點不高興，但母親對他的畫讚不絕口。

母親憶起父親生前也喜歡紫陽花，然後開始背誦里爾克的詩〈玫瑰色的紫陽花〉。

——是誰採集，這個玫瑰色？是誰知道，它們聚集在這朵花中？

——宛如即將剝落的鍍金容器，宛如用手搓揉，紫陽花悄悄釋放了玫瑰色。

當母親停頓時，田所立刻補充，兩個人聊著里爾克的詩歌，暢談多麼深受感動。

他們在音樂和電影方面的喜好也很一致，母親似乎很開心，但我不清楚她是怎麼看田所這個人。平時即使母親不開口，只要在一起，我就可以察覺她的想法，這一次卻完全無法想像。如果要問母親是不是喜歡田所，我猜八成是喜歡，但這個人適合成為女兒的結婚對象嗎？

田所離開後，我問母親，覺得他這個人怎麼樣？

「他好像一座湖，把熾熱的熱情和重要的感情都沉入湖底深處。說句心裡話，我有點擔心對他來說，像太陽一樣的妳也許會太刺眼，但他想和妳結婚，也許是因為想要把沉在湖底深處的東西呈現在陽光下。」

太陽和深湖。聽到母親這樣的比喻，我不由得擔心，一旦拒絕和田所結婚，他的人生將永遠見不到陽光。

「您覺得我可以做到嗎？」

「可以。因為妳讓我這麼幸福，既然他需要妳，妳不可能無法帶給他幸福。」

母親帶給我勇氣，她才是我的太陽。

翌日，我約了田所見面，見面後問他：

「你希望和我建立怎樣的家庭？」

我想要知道田所對我的要求。如果他回答說，想要一個能夠共同對抗社會權力的人，或是輔佐、理解他參加運動的人，我打算拒絕他。

雖然這麼一來，很對不起母親的大力促成，但至少勝過日後讓母親傷心。

田所回答說：

「我希望建立一個美麗的家。」

聽到他的回答，我由衷地覺得母親的想法完全正確，於是，我決定和田所結婚。

但是，神父，您能想像「美麗的家」是怎樣的家嗎？

聽到田所這麼說時，我的腦海中浮現出一幅畫：陽光燦爛的院子內百花齊放，田所和我，還有我們的孩子、我的母親露出愉快的笑容。

家人互敬互愛，這種發自內心的喜悅，是我眼中的美麗。當然，我很希望花、房子、身上的衣服、孩子的外貌也都很漂亮，但這樣我們會針對每個個體說，那是「美麗的花」、「美麗的房子」，當這些要素聚集時，我們反而很少會稱之為「美麗的家」。

我相信我和田所勾勒的「美麗的家」是相同的畫面。

我深信不疑，也確信自己有能力建立「美麗的家」。

相識一年後，田所和我在一棟小房子內展開了新婚生活。

田所雖是家中長子，但家裡還有兩個正在求學的妹妹。所以，他父母說，不需要和他家的人同住，為我們準備了新居。

新居的地點絕佳，離田所的老家有點遠，但離我娘家只要搭一班公車，不到三十分鐘而已。建築物本身是二十五年屋齡的老舊木造平房，我很中意擁有白色牆壁和綠色屋頂的可愛外觀，很像是英國鄉下的房子。

我也很喜歡房子所在的斜坡上，背對著山麓的一片櫟樹雜木林，從那裡可以俯視被沉落的夕陽染紅的街道。

我在小院子裡的花圃內種了玫瑰、百合、三色堇、金盞花等四季花卉。母親說，田所送我的紅玫瑰畫是我們結合的契機，所以我換了一個適合我家的相框後，掛在玄關。

我在結婚的同時離職了，因為我希望像母親一樣，成為專職家庭主婦。

每天早上，我比田所早起三十分鐘準備早餐，然後叫他起床，等他準備就緒，送他出門上班。之後，我就去母親家裡。這就是我非假日一天的生活。

母親溫柔地責備我，雖然我沒有住在婆家，但出嫁的女兒不應該頻繁回娘家。而我也有話要說，因為我事先完全沒有任何心理準備就結了婚，還沒有充分學會原本應該在結婚前向母親討教的事。
我用這個理由說服了母親，每次回家，母親都會教我一件新的事。下廚、裁縫、編織、穿和服、寫感謝函，這是母親傳承給女兒的事。我和母親度過了比我結婚前更充實的時光。
即使我已經結婚，母親也和之前一樣，只要我學會一件事，就摸著我的頭稱讚說：「妳很努力。」
我原本只會做在高中的烹飪實習課上學會的三色丼和漢堡排這兩道菜，三個月後，學會了雙手雙腳並用都數不完的豐富菜色，就連新婚當時驚訝地說「沒想到妳真是大小姐」的田所，也不再諷刺挖苦我了。
但是，他從來不說我做的菜好吃。
即使我改變髮型、穿了新衣服，他也從來不會說「很漂亮」、「穿在妳身上很好看」之類的話；即使我打掃房間，用鮮花裝飾，他也從來不吭氣。
田所全家人的字典裡沒有「稱讚」這兩個字，我直到很久之後，才發現這件事。但即使田所不稱讚我，我也並沒有很在意。
雖然我嫁給了一個脾氣古怪的人，但只要母親時常稱讚我的努力，這樣就足夠了。況且，田所的字典裡也沒有「生氣」這兩個字，所以更沒有問題了。

每到週末，田所就拿起畫筆作畫。有時候把我當成模特兒，有時候畫夕陽中的城市、院子裡的花卉。雖然他的畫仍然維持沉悶的色調，但聽到母親看到他的作品後對我說「哲史真的很愛妳」時，就覺得即使他沒有說出口，心裡還是愛我的，我就可以感到滿足。

那時候，我覺得很幸福。

婚後半年，我發現自己懷孕了。

那天早晨起床時，覺得身體發燙，一走進廚房，聞到預約煮飯的電子鍋冒出來的熱氣，就忍不住想要嘔吐。該不會是懷孕了？當我腦海中閃過這個念頭時，覺得雙腳發軟，慌忙衝進臥室，蓋上被子。

平時我感冒或是太勞累，身體有點不舒服時，田所向來不會發現，那天卻擔心地問我：「妳怎麼了？」但是，我沒有告訴他，我可能懷孕了，因為即使說了，他也不會為我做什麼。

我對田所說，請他幫忙打電話把我母親找來。

母親立刻趕到。一看到我，就露出溫和的笑容說：「是不是有小寶寶了？恭喜妳。」一看到母親的笑容，我的淚水奪眶而出，並不是因為感動，而是感到害怕。

有一個生命活在我的體內。從這一刻開始，這個生命將吸取我的血肉成長，然後有一天，將衝破我的身體，降臨這個世界。那時候，我還活在這個世上嗎？新的生命是否會奪走我的一切，讓我只剩下空殼子而已？……我不由得產生了這種想法，全身顫抖不已。

母親溫柔地緊緊抱著心生畏懼的我。

「不用害怕。我很慶幸自己來到這個世界，在生妳的時候也這麼想，現在更感到雙倍的喜悅，因為我知道，自己的生命將向未來延續。我小時候一直在想，我為什麼會來到這個世界，甚至曾經覺得，是不是到死之前，都無法找到答案。因為我並沒有特別聰明，也沒有什麼才華，即使這個世界有了我，也不會有什麼不同，我活在這個世上根本沒有意義。但是，在生下妳的時候，我終於發現，即使我無法為這個世界留下任何東西，也許我的孩子可以留下什麼，因為有我的存在，因為我結了婚，生了孩子，我的孩子才能夠為這個世界留下什麼。我在歷史中不再是一個點，而是可以成為一條線，這不是很美好、很幸福的事嗎？」

當我回過神時，發現自己淚流不止。

我和母親一起去了醫院，發現已經懷孕三個月。回家的路上，母親買了雖然不是盛產季節，但我最喜歡吃的葡萄，為我慶祝。

田所下班回家後，我告訴他懷孕的事，不知道他是否因為很高興，立刻體貼地對我說：「明天開始，妳不必早起，打掃和其他家事也不必那麼認真。」翌日早晨，他比平時早起三十分鐘準備早餐。

他做的早餐和我平時做的一樣，都是白飯和味噌湯，但晚餐則是用他下班帶回來的食材，做了拿坡里義大利麵，還打了什錦果汁。當時我正在害喜，義大利麵的番茄醬汁令我反胃，但他的廚藝很不錯，我猜想身體狀況不錯時，應該會覺得很好吃。

我很驚訝在傳統的家庭長大、從來沒有洗過碗的他廚藝這麼好，他告訴我，他大學在咖啡店打工時，曾經在廚房幫忙，所以那家咖啡店的菜色他都會做。

「你應該早一點告訴我。」我嘟著嘴抗議。「因為看到妳每天為了我這麼認真下廚很高興，所以說不出口。」他不僅滿足了我的胃，還說了這麼貼心的話。

我向母親報告這件事，母親忍不住感到佩服，但也叮嚀我：「妳不能完全依賴哲史。」所以，只有我很不舒服，無法下廚時，才請田所幫忙做飯。

攝取均衡的營養，注意休息，適度散步，聽古典音樂，朗讀詩歌。每次背完里爾克的詩，就覺得把許多豐富的感性送進肚子裡，更覺得悉心照顧腹中的生命，和畫畫、種花的行為很相似。

為了讓母親高興，我要充滿愛地孕育出優秀的作品。

為了用美麗的鮮花迎接新生命，我在院子裡種了波斯菊的幼苗。

有些醫院可以讓家屬陪產，而和山丘上的住家距離最近的醫院則不行。我原本就無意讓田所陪產，但在生完孩子後，得知只有丈夫可以進入產房時，我很後悔選擇了這家醫院。

因為我希望讓母親第一個看到我的孩子。

即使不讓我看也沒關係，我希望讓母親看到孩子。

忍受了身體被撕裂般的疼痛後，護士把哇哇大哭、一臉紫紅色的嬰兒抱到我旁邊說：「恭喜妳，是一個健康的女兒。」我只覺得：「那又怎麼樣？」眼前的作品一點也不優秀，滿臉皺巴巴的，鼻子很塌，臉也很醜。我快哭出來了，很擔心母親看了之後會失望。

「那我去請爸爸進來。」

聽到護士對我這麼說，我忍不住想了一下，「爸爸」是誰？田所稱他的父母「爹、娘」，我叫我的父母「歐多桑、歐卡桑」，我和田所並沒有因為有了孩子就互稱「爸爸、媽媽」，也沒有討論過以後要讓孩子怎麼叫我們，我只是漠然地覺得可以和我一樣叫「歐多桑、歐卡桑」，但那時候突然覺得這樣不妥。

我不希望女兒叫我「歐卡桑」，對我來說，「歐卡桑」這三個字只屬於我所愛的母親，不希望別人輕易使用。
這時，田所走了進來，戰戰兢兢地從護士手上接過嬰兒，抱了幾秒鐘，慌忙交還給護士。他轉頭看著我，說了聲「謝謝」，用大手慢慢撫摸我的手掌。我內心一陣感動，正想要說什麼，母親的身影出現在被淚水模糊的視野角落。母親抱著嬰兒。
「歐卡桑。」
我用無助的聲音叫了一聲，母親把嬰兒交給護士，走到我的枕邊。
「原本我不可以進來的，但我從門縫裡拚命張望，護士破例讓我進來。謝謝妳生了一個健康可愛的女兒，今天是一個美好的日子。」
「為什麼？」
「因為上天賜給我疼愛的女兒一個這麼出色的寶貝啊！妳真的、真的很努力。」
母親放在我頭上的手掌，比田所的溫暖好幾倍，溫柔的聲音溫暖地滲進我空洞的身體。我帶著母親的愛來到這個世界，在母愛下長大，把母愛分給肚子裡的新生命，孕育她長大，把一切都給予她之後，讓她降臨這個世界。但是，我並沒有變成空殼子，因為當我生完孩子後，母親的愛再度注滿我的身體。
這是我人生中最幸福的一天。
雖然其實是不幸的開始。

天亮之後，母親隔著新生兒室的玻璃看到女兒時，忍不住發出歡喜的叫聲。

女兒剛出生時，臉上和全身都因為瘀血而呈現像妖怪般的紫紅色，鼻子也很塌，沒想到隔了一晚，她比其他嬰兒更白，鼻子也很挺，變成了一個漂亮的嬰兒，母親當然感到高興。田所的父母在中午之前來到醫院，看到他們滿心歡喜的樣子，我有一種完成一件大事的充實感。

「簡直和律子小時候一模一樣，嘴巴可能像憲子。」

聽到婆婆提到小姑的名字時，我感到不悅，但田所家的人離開後，聽到母親說：「那一家人全都是塌鼻子，在說什麼鬼話。這孩子根本就是妳我的翻版。」和母親笑成一團後，就覺得這種事根本無足輕重。

唯一讓我不高興的，就是婆婆決定了女兒的名字。我之前就想好，如果是生女兒，就要取一個和花有關的名字，也想好了幾個其他的名字，田所還特地買了姓名算命的書，查了這些名字的運勢。但聽到婆婆說，那是花了五萬圓請知名的和尚決定的名字，只能很不甘願地接受了。

我忍不住嘆著氣，母親的一句話再度救了我。

「這個名字剛好是從我兩個好朋友的名字中各取一個字，我這兩個朋友都很漂亮、很聰明，也很善良，這孩子也一定可以成為這樣的人。」

我把女兒帶回位在山丘上的家裡，一家三口和母親共度的日子成為我人生中最後的幸福時光。

每到週末，田所就會畫女兒。

女兒的睡姿、趴著的樣子、坐著、站著的樣子。隨著女兒的成長所畫的每一張畫，都可以看到她白嫩的肌膚、粉色的臉頰和櫻花色的小嘴，包括背景在內，他的畫中終於出現了明亮溫暖的色彩。母親對他的畫仍然讚不絕口。

「哲史懂得分辨走向生存和走向滅亡的事物。」

聽到母親深有感慨地說這句話，不由得覺得田所似乎瞭解這個世界的構造和人類的根源等所有的一切，但也同時心生不滿。既然他判斷年幼的女兒是走向生存，至少可以為她換一下尿布。

田所雖然會下廚，卻不敢碰女兒。所以，女兒幾乎是由我獨自帶大的。

我的母乳多到滿出來，但不知道為什麼，女兒討厭喝母乳，只要喝一小口，就立刻吐出來，把頭轉到一旁。她並不是吃飽了，當我用奶瓶泡牛奶餵她，她立刻大口大口地喝起來。因此，即使是在寒冷的季節，每晚也都要去廚房泡牛奶好幾次。

也許可以說，女兒在懂事之前就開始拒絕我，但是，當時我並沒有多想，我為女兒做了我力所能及的事，也不遺餘力地照顧她。

母親送了我一本法國進口的高級刺繡相簿，所以我幾乎每天都為女兒拍照。為了傳達身為母親的喜悅，在整理相簿時，我都會寫上從《里爾克詩集》中引用的詩句，或是自己構思的話語。

——啊啊，微笑。第一次微笑，我們的微笑——

——我可愛的小天使，妳在風中聽到了什麼呢喃，所以才展露笑顏？

——鮮花為妳盛開，小鳥為妳歡啼，這個世界上所有的喜悅，都為妳而存在——

母親在翻閱相簿時稱讚我：「可以感受到妳很用心呢！妳終於成為一個出色的母親了。」

我也為女兒做了很多衣服。我曾經在某本雜誌上看到，在歐洲的鄉下地方，女人出嫁時，會帶著小時候母親為她做的衣服，給自己的孩子穿。我覺得這是很棒的習俗。

我告訴母親後，母親一臉惋惜地說：「我以前也為妳做了很多衣服，早知道就留下來了。」我提議我們可以一起做。我和母親一起去挑選布料，請母親教我做衣服，帶著真心的祈禱，一針一線地親手為女兒做衣服。

希望女兒和我一樣，成為一個眾人喜愛的孩子。

我很清楚，為了讓她成為這樣的孩子，我必須好好愛她，就像母親愛我一樣。

隨著女兒的成長，我教她學習體諒他人。在公園看到小孩子在哭，我就會問女兒，那個孩子為什麼在哭？聽到她回答，是不是沒有人陪他玩？我就告訴她最適當的答案：「那妳去對他說，我們一起玩。」

如果有人覺得很冷，要怎麼做呢？

如果有人肚子餓，要怎麼做呢？

如果有人不高興，要怎麼做呢？

我在日常生活中經常語氣溫柔地問她這些問題，她總是充分瞭解我的思慮，說出我最想聽的答案。

和他牽手，讓他暖和起來。

把我的點心分一半給他。

問他為什麼不高興。

身為母親，還有比看到女兒善解人意更高興的事嗎？

那是女兒才三歲，還在幼兒園讀小班時的事。

在祖父母教學參觀日時，母親因為有重要的事無法出席，所以請婆婆代勞。我無法陪同前往，在家中坐立難安，很擔心婆婆萬一在幼兒園遇到不順心的事大動肝火，沒想到婆婆滿心歡喜地牽著女兒的手回家了。我還沒有開口，她就主動告訴我幼兒園內發生的事。

婆婆到幼兒園時，包括女兒在內的小朋友都在教室內，其他小朋友即使看到自己的祖父母，最多只是揮揮手，顧著自己玩遊戲。

女兒看到婆婆出現時，立刻跑到教室外，從放在各教室前的賓客用鞋鞋櫃上拿出一雙拖鞋，放在她面前說：「奶奶，妳穿這雙。」然後，又鞠了一躬說：「今天謝謝妳來參加我的教學參觀日。」帶著婆婆走進教室。

我事先並沒有教女兒要這麼做。

「不愧是田所家的孫女，讓我很有面子。」

即使我不在，女兒也能做得這麼好，我不由得一陣激動。但這和「田所」沒有任何關係，因為即使我們偶爾去田所老家露個臉，他們家有這麼多女人，卻很少有機會喝到一杯茶。

婆婆還說：「多虧了妳，把這個孩子教得這麼好。」

這是她第一次稱讚我。

雖然她這個人很挑剔，但只要符合她的期待，她還是願意開口稱讚。原來她愛我。如果母親也在場，聽到婆婆剛才那句話，不知道會為我感到多麼高興。如果今天是母親去參加，不知道會多麼稱讚我……

當時，我忍不住這麼想，但是，之後也多次從母親口中聽到了類似的事，只是換了時間，換了地點，換了狀況而已。

母親說，帶我女兒去逛街，說要買蛋糕給她，女兒說：「外婆，妳喜歡吃哪一種蛋糕？媽媽喜歡吃巧克力蛋糕，爸爸喜歡吃咖啡蛋糕。」在說出她自己愛吃的口味之前，先想到的是母親和我們夫妻。

當她在公園玩的時候，看到有小朋友跌倒，雖然不是和她一起玩的小朋友，但她最先跑過去，用手帕幫小朋友擦了血，問他：「痛不痛？」那是她最喜歡的兔子手帕，但她沒有絲毫的猶豫。

母親還對我說：「上次哲史和她不是一起開車送我回家嗎？妳知道我下車時，那孩子對我說什麼嗎？她說：『外婆，天氣冷了，小心別感冒了。』」

母親並不是只稱讚女兒的體貼他人、善解人意而已。

我在幼兒園認識的其他母親中，有不少人讓兒女去讀補習班、學英語。我在女兒的課業方面並沒有花太多心思，為了讓女兒得到他人的愛，有比學力更重要的事。但是，女兒比普通的孩子聰明，靠著買給她當作玩具的繪本，學會了英文單字、片假名和九九乘法。我想，這不是來自田所的遺傳，而是繼承了我父親的基因。

母親說，下次要帶她去動物園，因為她已經知道大象和河馬的英文了。

她去蛋糕店時，可以唸出所有用片假名寫的蛋糕名字，老闆娘高興不已，還額外送了布丁。

去肉店時，她比我更早算好價錢。我們買四個六十圓的可樂餅，所以是兩百四十圓。

母親談論外孫女時總是眉飛色舞，然後，總是帶著這種充滿喜悅的表情對我說：

「妳把我們的寶貝教育成這麼出色的孩子，妳真的很努力，這是我最高興的事。」

我愛女兒，母親愛我，我是何等幸福。我深刻體會著這份幸福。

院子裡鮮花綻放，田所讓女兒坐在小椅子上當模特兒，母親和我不時朗誦著里爾克的詩句，面帶微笑地看著他們父女。燦爛的陽光柔和地包圍了我們四個人……我看到了我之前描繪的「美麗的家」。

但是，這份幸福並沒有維持太久。

神父，我已經寫完了幸福的時光，卻仍然無法找到答案。

為什麼我要盡己所能地愛我女兒，悉心照料她長大？

這個問題真的有答案嗎？神父給我這本筆記本，也許並不是為了讓我尋找答案，而是讓我的心情恢復平靜。

還是說，神父看了我以上所寫的內容，已經知道了答案？

或者說，神父一開始就知道答案，只是引導我，等待我自己找出答案？

所以才會對我說，「我給妳這本筆記本，如果妳知道答案，請妳寫下來告訴我」嗎？

接下來的事太殘酷，我沒有自信可以寫出來。

女兒的回憶

每次在漆黑的黑暗中想的都是同一件事。

如果繼續住在那個夢想的家中，不知道會有怎樣的結果。

某些夜晚，氣候或是溼度並沒有任何特殊之處，但是所有的聲音都消失了，只有空氣流動的動靜慢慢地在耳朵深處回響。那是喚醒過去最幸福時光的瞬間，沉浸在回憶中的幸福時刻。

回憶中，我在拚命尋找什麼。到底是什麼呢？但是，早晨很快就到來，在我腦袋深處，知道必須面對現實，所以無法完全沉浸在回憶中，也不知道自己到底在找什麼。

這就是我吧。一定是這樣。但是，我有一種預感，此刻身處的黑暗永遠不會消失，光明不會出現。所以，不如徹底喚醒回憶，在彌補人生中不足之處的同時，陷入深沉的睡眠。

我的記憶在某件事之後，就變成了無色無味的世界，但是，偶爾也會有顏色和香氣，於是我再度認識到，那些是幸福的往事。

不被愛的孩子沒有彈性的空間。

那稱為彈性空間嗎？也許可以說是寬鬆或是餘裕。如果一個人的個性沒有彈性空間，別人往往會用「一絲不苟」這個稱讚的字眼來形容，所以當事人沒有發現那是自己的缺損，即使別人察覺到這種性質，也認為是自己不需要的性質。

但是，機器和衣服必須具備這種性質，人當然也需要。這不是努力就可以得到的性質，應該是與生俱來的，只是為什麼我沒有呢？難道是出生的時候曾經具備，在成長的過程中，逐漸退化了嗎？

我很想先想清楚這個問題，但是，回顧人生時所產生的疑問，當知道答案時，往往已經為時太晚。

總之，我曾經是一個很在意周圍人，尤其是大人反應的孩子。不知道那個人怎麼看我？會不會覺得我很煩？是不是覺得我是乖孩子？對我的行為、我說的話感到滿意嗎？……真無聊。

比方說，讀中學時，我每天搭公車上下學。

因為大家並不覺得我個性陰沉，所以在候車室遇到同年級的同學，就會邀我一起聊天，除了班上的同學和社團的朋友以外，還有四、五個經常一起放學回家的同學。鄉下的公車班次很少，就連放學時間，一個小時也只有兩班，一旦錯過一班車，就要等將近三十分鐘，但只要和同學在候車室聊天，時間一下子就過去了。

聽說○○喜歡××，但××喜歡的是……即使是和自己毫無關係的事，我和其他人還是聊得口沫橫飛。也許正因為和自己無關，才會不在意別人的眼光，聊得不亦樂乎。

候車室內彌漫著薄荷色的空氣。

之所以有這種感覺，是因為那一陣子流行薄荷巧克力冰淇淋嗎？我不知道是不是全國都在流行，但當時正紅的少女漫畫主角喜歡，書名也經常用薄荷這個名字。那時候我們這種鄉下地方還沒有賣這種口味，吃過的同學向其他人炫耀說，超好吃的。但是，當附近的超市也可以買到時，他們立刻改變了意見，說味道像牙膏一樣，一點都不好吃。

「這應該也是我不具備的性質，但我可以一邊說：「真的真的，那個顏色一看就知道對身體不好。」」一邊和他們大笑。

那時候，學校是公車站附近唯一明顯的建築物。二年級下學期，公車站前開了一家內科私人醫院後，候車室的長椅上經常坐著高齡者或是帶著幼兒的母親，只有候車室內我們周圍的一小部分空間才是薄荷色。

不，我在薄荷色之外。

那天也像往常一樣聊著空泛無益的話題，我猛然一抬頭，發現一位老太太坐在候車室的角落，皺著眉頭看我們，旁邊坐著一位年輕的母親，抱著一個病懨懨的孩子，為他擦著額頭上的汗。身體不舒服的人聽到我們的吵鬧聲，一定感到很痛苦吧。

「我們小聲一點，吵到別人了。」

我對其他人說。

原本大家激烈討論新來的女老師和三年級的學姊，為全校最受歡迎的男老師爭寵的事，被我這麼一說，這個精采的八卦宛如頓時淪為全世界最無聊的事般被捨棄了。大家一臉掃興，走到候車室外打著呵欠，拿出小鏡子整理頭髮，或是尋找分叉的頭髮，畢竟我說了這種話，其他人百分之九十九不可能壓低嗓門繼續愉快地聊這種話題。候車室內一片寂靜，薄荷色消失不見，內心湧起一陣寂寞，我在心裡呢喃。
我並沒有做錯什麼事。
但是，如今我意識到，當時的舉動根本沒有意義。即使候車室內變安靜了，其他人也不會感謝我，而且，如果覺得自己和其他同學的行為引起周圍人的討厭，應該用更妥當的方式表達。
進入高中後，有好幾次機會讓我發現這件事。
中谷亨和我交往不久時，也曾經對我說：
「妳說的話都很正確，只是很沒有同理心。」
我聽了很生氣。雖然我和他之間從交往開始就和其他情侶不一樣，我們之間從來沒有那種粉紅色的氣氛，但他是我男朋友，說話有必要這麼咄咄逼人嗎？
「既然我說的話很正確，為什麼還要被你否定？什麼叫要有同理心？需要這種東西嗎？明明是因為做了壞事挨罵，卻還自以為是受害者，露出一副受傷的表情，未免也太卑鄙了。」
連亨也不瞭解我，這件事讓我懊惱不已，眼淚忍不住撲簌簌地流了下來。如果只是哭，或許會讓人覺得可愛，我卻會哭著痛罵對方。
亨一邊說著「唉呀、唉呀」，一邊露出困擾的表情，接著換了一種說法。

「對不起，對不起，我不是這個意思。有時候心情不好，班導師說什麼，我會馬上翻臉，但妳直截了當地告訴我，心情反而很暢快，忍不住想要為妳鼓掌。我不是要求妳對所有的事都有同理心，只是覺得在一些芝麻小事上，不必都要追求正確。十幾歲的時候，在很多事上都可以獲得原諒，如果不好好運用這種特權太可惜了。」

我再度反駁道：

「正因為有些沒腦袋的人濫用十幾歲的特權，所以未成年犯罪才居高不下啊。」

亨似乎懶得反駁，抓著頭，一臉苦笑地說：「無所謂啦。」

事到如今，我終於發現，他說得有道理。

沒有彈性空間的人在反駁時，往往喜歡舉一些極端的例子。亨並不是說，十幾歲的人犯罪也無所謂，而是想要告訴我，十幾歲的人比成年人有更多彈性空間。

候車室的人即使覺得我們很吵，但也只是皺皺眉頭而已，如果真的覺得我們太吵，就會主動走到我們這幾個女生面前，要求我們既然身穿制服，就應該遵守校規。也許他們覺得我們很吵，但想到自己也曾經有過這種年少的時代，或許會覺得年輕真好，也就不會太計較了，搞不好還有人對遠離多年的校園八卦產生興趣，好奇地伸長了耳朵。

其他人都瞭解這件事，只有我在狀況外。因為我缺乏某種能力，無法發現理所當然的事嗎？不，是我從來沒想過，即使做一些不是百分之百正確的事，別人也不會太計較；只是因為我害怕無法得到原諒。

獲得原諒＝被愛。

這個公式只存在於我的內心。為了得到他人的愛，必須隨時做正確的事，必須做討人喜歡的事。因為在我的人生中，從來沒有人對我說「只要有妳在身邊就已經足夠」這種話……不，曾經有過，在遙遠的過去曾經有過。我終於知道我在黑暗中尋找什麼。

我在尋找無償的愛。

如果我想知道的是假設在充滿無償的愛的環境下成長，自己會變成什麼樣的人，那麼，應該去那些充滿鮮豔色彩和芳香的日子，去玫瑰和百合綻放的夢想之家尋找答案。

最遙遠的記憶應該是三歲左右。那是在家中院子裡發生的事。

我家的白牆綠屋頂房子位在可以俯視整個城市的山丘上，在滿是玫瑰和百合等當季花卉的院子內，爸爸讓年幼的我坐在木製的白色椅子上，皺著眉頭作畫。我聞到了油畫顏料的味道，看到媽媽用照相機拍攝我們。

「笑一笑，笑一笑，要比太陽公公笑得更燦爛。」

我記得當時覺得媽媽說話時展露的笑容，真的可以媲美太陽公公。媽媽為我拍照，為爸爸拍照，也拍了院子裡的花，在不停地按了一陣快門後，把相機放在白色桌子上，探頭看著爸爸的畫，露出心滿意足的微笑。然後，站在那裡仰望天空，像唱歌般吟著優美的文章。

——如何才能抓住我的靈魂，讓它不和你的靈魂接觸？該如何讓靈魂越過你，移向其他事物？

當媽媽停頓時，默默作畫的爸爸看著畫布，繼續吟道。

——啊，我多麼希望能把靈魂安放在暗處，放在某個被遺忘的事物旁，某個陌生而靜謐的地方，不再因你內心深處的顫動而起伏。

直到最近，我才知道那是里爾克的詩。

我也曾經聽過爸爸坐在白色椅子上，望著夕陽彈吉他，媽媽在爸爸身旁唱著〈小小果實〉。悲傷的旋律中，烏鴉呱呱叫著，消失在橘色的天空中。我忍不住感到不安，以為自己也會被吸入天空，立刻跑去父母身邊。雖然他們稱不上郎才女貌，但在我眼中，夕陽下的他們好美。

……如果我把以上這些話告訴別人，可能會被嘲笑，問我腦筋有沒有問題，可能會擔心我有妄想症，深信這個世界上有白馬王子。但是，這是我腦海中明確的記憶。

當然，我們家並不是一天二十四小時都這麼過。雖然從繪畫、詩和吉他，可能會以為我家的早餐是牛角麵包和咖啡歐蕾的組合，但是由玫瑰花點綴的餐桌上，總是放著白飯和味噌湯。

在鐵工廠上班的爸爸，每天早上都穿上灰色工作服，騎著機車出門上班，傍晚回家時，總是一身油味。洗完澡後，他會換上襯衫和長褲，吃完三色丼和漢堡排出現頻率超高的晚餐，躺在電視機前的紅色天鵝絨沙發上，專心觀看職棒比賽的實況轉播。當然，也沒忘記看賽馬報。

他總是輪流喝啤酒和提神飲料。我很好奇咖啡色小瓶子裡裝的是什麼，問爸爸：「這是什麼？」爸爸把瓶子遞到我面前說：「妳可以喝三口。」我才喝了兩口，媽媽就從廚房衝了出來，搶過瓶子，對爸爸說：「不要讓小孩子喝這種東西！」之後，爸爸總是趁媽媽不注意時，讓我偷喝和年紀相同口數的提神飲料。

看媽媽的樣子，會覺得她應該會烤蘋果派當下午的點心，但她只會做熱鬆餅。當慈善團體的人上門推銷小餅乾時，她會因為無法拒絕而買了下來，卻不知道該怎麼處理，最後代替白飯，把咖哩淋在上面，向來很少發脾氣的爸爸也忍不住抱怨了幾句。

日常生活的八成都是這樣，但留在記憶中的是那特別的兩成。

每個月有兩、三天，爸爸會關掉電視，播放西洋古典音樂的唱片，喝威士忌配巧克力。媽媽和我倚靠在父親坐著的沙發上，喝著熱可可，一起欣賞音樂。那是我最美好的夜晚記憶。看著沒有抽完的香菸冒出的煙隨著音樂飄散時，我並不怎麼討厭香菸。

星期天下午是「田所食堂」時間，爸爸有時候會為媽媽和我做一點輕食。媽媽喜歡吃拿坡里義大利麵，我喜歡吃海鮮燉飯。我的第一個巧克力聖代是在家裡吃的，這件事在之後很長一段時間，都是我引以為傲的炫耀話題。

不，不要再回憶爸爸的事。

記憶中其他屬於那兩成的事，應該就是衣服吧。

媽媽總是背對著我踩縫紉機，我則聽著喀答喀答的聲音畫畫。媽媽會叫我：「過來一下。」然後把縫到一半的衣服在我身上比來比去，心滿意足地點點頭說：「真可愛。」媽媽也把相同的布料比在自己身上，叫我以後出嫁時，要帶上這些衣服當嫁妝。

我們穿著母女裝搭上公車去外婆家，媽媽在路上對我說：

「妳要說一些讓外婆高興的話，好好想一想，外婆希望聽到哪一句話，比方說：

『最近身體好嗎？』或是『會不會冷？』」

「好的，媽媽。」

我總是認真回答。搭公車的時候都在想，到底要說什麼呢？但是，見到外婆後，媽媽總是搶先開口。

「歐卡桑，她很擔心您，說天氣冷了，不知道外婆會不會感冒。看到院子裡的玫瑰花開得很漂亮，就說很希望外婆來看。對了，她之前說，穿著外婆幫她織的毛衣去幼兒園，大家都說很漂亮，她很開心。對不對？」

我不記得曾經對媽媽說過這些話，卻沒有更正她，也不覺得奇怪。雖然我還年幼，但心裡很清楚這些都是媽媽希望我對外婆說的話。

之後，當媽媽催促時，我就學會自己對外婆說這些話，但是，我對外婆說的這些其實不是外婆想聽的話，而是媽媽想聽我對外婆說的話。當然，我也會告訴外婆我真心的想法。

「外婆，我好喜歡妳。」

我也發現，當我說這句話時，外婆會露出最燦爛的表情。

「外婆也好喜歡妳喲。」

聽到外婆這麼說，我的全身，連手指和腳趾都充滿了喜悅。

手牽著手一起去買點心、一起摺紙，我有很多和外婆共度的幸福記憶。

我可以充滿自信地回答，外婆給我的是「無償的愛」。

但是，媽媽給我的是……？那時候也是「無償的愛」嗎？她的確悉心照顧我，只不過我的存在對媽媽來說，並不是「只要有妳在身邊就足夠了」。

假設媽媽的腦海中有一幅重要的畫，那並不是我的肖像畫，而是我們一家三口幸福地生活在院子裡綻滿鮮花的美麗家園。這幅畫也會是「盡己所能的愛」或是「我的天使」、「寶貝」之類的名字，媽媽在別人面前提起我時，經常用這些字眼，但其實都不適合用來形容小孩子。媽媽眼中的重要事物是象徵「幸福聚集場所」的整個家庭，以及把我像洋娃娃一樣抱在手裡，面帶微笑的外婆。

我的存在只是媽媽描繪的幸福畫面中的一部分，只是其中的一個擺設。

即使如此，也已經足夠了。因為我也看到了相同的畫。

如果能夠繼續生活在那幅畫中，也許現在就不會孤獨地置身這片黑暗裡。雖然天亮之後，面對現實將是那樣的痛苦，但發現天不會亮，又是另一種悲傷。

所以，不如繼續描繪幸福的畫。

讀小學時，我背著嶄新的書包去上學。雖然我還是會像以前一樣，經常糾正那些調皮搗蛋的男生，但即使他們勸不聽，我既不會生氣地罵他們，也不會一直對他們說教。

最多只是可愛地嘟起嘴說：「真受不了你們。」

回到家後，吃著媽媽做的熱鬆餅和牛奶，把在學校發生的事告訴媽媽。

「那些男生真的超討厭。」

看到我氣鼓鼓的樣子，媽媽面帶微笑地說：「啊喲，那真累人啊。」然後把剛煎好的熱鬆餅放進我的盤子。當我吸了滿肚子的香草香味，就覺得生氣太愚蠢了；吃著加了很多蜂蜜和奶油的熱鬆餅，就把不愉快的事完全拋在了腦後。

算了，沒關係。

然後，就會問媽媽，週末可不可以邀同學來家裡玩。

即使我想邀來家裡玩的同學中，也包括了媽媽跟年輕男人私奔的真子，媽媽也沒有絲毫的猶豫，甚至熱情款待真子，比對其他同學更好，充滿真心地謝謝真子願意和我交朋友。真子回家後，媽媽摸著我的頭說：

「妳真乖，對可憐的同學也這麼好。」

媽媽也把這件事告訴了父親，爸爸雖然沒有稱讚我，但給了我一個他用來當下酒點心的巧克力，還比平時讓我多喝了兩口提神飲料。然後，爸爸關了電視，父女兩人一起聽著唱片。不一會兒，媽媽也來了。在媽媽對我說：「趕快去睡覺。」之前，我躺在沙發上裝睡，沒想到就真的睡著了，爸爸把我抱去了房間。在分不清是夢境還是現實的縹緲感覺中，我想起吃完巧克力後還沒刷牙。爸爸把我放在被褥上，為我蓋好被子時，我忍不住想——

算了，沒關係。

算了，沒關係，反正很開心。算了，沒關係，反正很幸福。算了，沒關係，不是有被愛的感覺嗎？

經常把「愛」掛在嘴上的人，就代表其實並沒有得到愛，也沒有付出愛嗎？

至於這種事，也算了，沒關係。

亨的這句口頭禪「算了，沒關係」所代表的態度，正是我所欠缺的彈性空間。建在山丘上的夢想之家消失，我失去了這種彈性空間，也因此失去了相信我的媽媽和爸爸。然而，即使現在發現了這件事，也已經為時太晚，因為我破壞了一切。消失的家無法復原，我最愛的外婆也無法再回來了。沒有人愛我，我這樣的人生也即將結束了。

想像無法成為任何救贖——

此刻，在世上的某個地方哭泣，
在世上的某個地方毫無理由地哭泣的人，
是在為我而哭泣。

此刻，在夜晚的某個地方發笑，
在夜晚的某個地方毫無理由地發笑的人，
是在為我而發笑。

此刻，在世上的某個地方行走，
在世上的某個地方毫無理由地行走的人，
正在走向我。

此刻，在世上的某個地方慢慢死去，
在世上的某個地方毫無理由地死去的人，
正在注視著我。

第二章

立像之歌

關於母性

在上班時間前十五分鐘來到辦公室，單手拿著咖啡杯坐在座位上時，腦海中仍然想著今天早上在報紙第三版看到的一則新聞。

如鯁在喉。我喝著熱咖啡，想要把魚刺吞下去，但無形的魚刺當然不可能被有形的東西沖走。

我之所以會對一則女高中生從住家的公寓墜樓，分不清是意外還是自殺的事件這麼在意，是因為事件發生的地點就在本縣嗎？還是因為自己是高中老師，被害人是高中生的關係？不，都不是。

那位母親的發言成為刺在我喉嚨的那根魚刺。

因為職業的關係，我經常有機會接觸被稱為母親的那些人。

高中生的母親很難一概而論，單純以打電話到學校為例，內容就五花八門、千奇百怪。有的母親只是因為兒女身體不適，打電話來請假而已，也有的母親會說一些莫名其妙的話，誤以為學校是可以徹底改造自己兒女的特殊組織。

請假時只要說兒女發燒就好，但有的母親會鉅細靡遺地說明前一天傍晚量溫度時是幾度，沒有食欲，晚上一直做惡夢，她們簡直誤以為是在向小兒科醫生詳細說明病情。聽到母親在電話中帶著哭腔說「那孩子向來身體不好」時，我經常忍不住拚命思考，自己到底在和哪一位家長說話。

即使家長一大清早打電話來問我，為什麼她的子女模擬考試的志願校合格判定只有E級，我也無法直接回答：「因為令公子、令千金的學力不足。」只能一邊擔心上課鈴聲隨時會響起，一邊回答說：「這只是大致的判斷基準，不必太在意，我們來一起討論日後的對策。」所謂對策，就是討論要在志願校系的欄目內填寫哪一所大學。

這些母親固然很煩人，但我從未對她們心生厭惡。雖然有些母親對兒女過度溺愛的態度令我很不以為然，我卻無法否定她們。

但是，不負責任的母親則又另當別論。

不負責任的母親打電話來時，十之八九是為了錢。付不出學費、不知道需要付實習費、之前遠足時請假，繳的錢什麼時候可以退回來？既然能夠在電話的另一端大聲說話，就代表有能力去工作，卻領取低收入戶生活補助，把一大半補助花在打小鋼珠或其他賭博上；到了月底，荷包也見底時，就開始打電話到學校哭訴、威脅。

為什麼無法為自己的兒女留下數千圓、數百圓呢？

有好幾個學生必須打工賺取自己的學費，甚至有母親拿走兒女打工的錢去賭博。

當我忍無可忍，用委婉的方式質問時，對方立刻開始訴說自己有多麼不幸。

早知道不應該把孩子生下來。只要沒有孩子，日子就可以過得更輕鬆。十幾年前的事關我屁事，妳這種人不配活在世上。我費了很大的力氣才把衝到喉嚨的這句話吞回去，只能告訴自己，世界上到處都有這種生物。

母性到底是什麼？

我向坐在隔壁的國文老師借了字典。

——女性保護、養育自己所生的孩子，身為母親本能的性質。

不為兒女準備三餐，甚至搶走兒女的錢去打小鋼珠的女人，也具備這種性質嗎？雖然大家都認為女人、雌性動物都具備母性，但果真如此嗎？

還是說這種性質與生俱來，卻會隨著環境進化或是退化嗎？

搞不好根本沒有所謂的母性，這是男人為了把女人綁在家庭而擅自創造出來，進而神聖化的虛假性質。

因此，在這個社會中生存時，為了保持體面，要努力培養自己的母性；不顧體面的人根本無視「母性」這種字眼的存在。

也許母性並不是人類與生俱來的性質，而是藉由後天學習形成的。但是，大部分人卻以為這種性質是天生的，當一個母親被別人說缺乏母性時，就會陷入錯覺，以為自己的人格遭到了否定，而不是單純缺乏學習能力。為了證明自己不是不完整的人，為了證明自己具有母性，就卯足了全力，用言語來粉飾。

盡己所能地疼愛女兒，悉心照顧女兒長大——

「妳在查什麼？補習、保釋……酒家女？」

國文老師探頭看著我攤在桌上的辭典問道。雖然我很欣賞他在背後罵那些不負責任的父母是「豬腦袋」，但我無意大清早就和他認真討論「豬腦袋」的本質。

「波賽頓。」我隨口答道。

「啊，恐龍！」

搞不懂他在說什麼。

「辭典還你，謝謝。啊，對了……」

我把辭典還給他時，不抱希望地問他，是否知道今天報上的那個高中女生是哪一所學校的學生。沒想到他不假思索地告訴我，就是他以前任教的學校。原來他昨晚接到了老同事的電話。

「她一年級的時候，我當過她的副班導。學校方面很擔心萬一自殺就慘了，但那個學生不可能自殺，可能想要在窗戶掛風鈴，不小心跌倒了吧。妳對那起事件有興趣？」

在差不多快要穿大衣的季節，居然還能想到掛風鈴這種說法。和這種人談刺在喉嚨的魚刺也是白費口舌，但我還是點了點頭。比我年長十歲的他有時候會脫口說出一些很重要的事，自己卻完全沒有發現。

刺在喉嚨深處的魚刺最好能夠在化膿、造成嚴重的後果之前，趕快取出來。

母親的手記

神父看了我上次寫的內容，親切地對我說：「妳的家就像是春天的溫暖陽光。」但又說：「正因為是很痛苦的事，所以要如實記錄，不要欺騙自己。」

這種時候，通常後面那句話，才是神父真正想要表達的內容。

寫下曾經有過的快樂時光時，我終於在數年來，第一次重溫了被春天暖陽包圍的感覺，但神父似乎在說不是這樣。這句話否定了我的一切努力，我很想把筆記本撕爛。

難道我不該在上次的手記最後，暗示之後將發生殘酷的事嗎？

我向來很擅長寫作文和閱讀感想，因為我在寫的時候，就會推測閱讀者，也就是母親的心情。這樣寫，是不是可以傳達我興奮的感覺？是不是能夠吸引人看到最後？我沒想到這種基於體貼而培養的寫作方法，竟然會成為敗筆。

不，我知道神父並不是基於這樣的理由叫我寫下來。如果我真的這麼認為，就不會在這裡寫下這些內容。我只是希望神父瞭解，寫下那件事的行為，將為我帶來極大的不安。

啊啊，我的胸膛快要撕裂了。

即使如此，神父仍然要我寫下那天的事嗎？要我再度回想起好像整個心被撕裂的感覺嗎？

這麼做，能夠讓我得到救贖嗎？

我知道寫這份手記的目的，是為了讓人瞭解我在女兒身上投入了多少愛。首先是神父，其次是向我投以無情眼光的世人。

世人認為，任何人、任何家庭的父愛和母愛都相差無幾，所以，一旦發生什麼大事，就會根據自己貧乏的感性開始想像，做出簡單而無聊的結論。

愈是認為自己是有識之士的人，愈缺乏想像力，而且自己往往沒有發現。他們在僵化的腦袋中想出自認為天衣無縫的答案，一副這就是正確解答的態度，自作聰明地公開發表自己的意見。

真是受夠了。

他們根本沒有想到，真相超乎他們的想像，他們甚至不知道在他們想像之外，還有另外的世界。

所以，他們才會用好像在看魔女般的眼神看著我。

不要誤會，我絕對不是說神父缺乏想像力，但是，為了正確地描述我們母女之間超乎世人想像的深厚關係，我還是必須把那件事寫下來。

那是結婚後七年，我剛滿三十一歲那一年的秋天。

我們在山丘上那個小房子的生活漸漸平淡，和新婚當初相比，看著夕陽唱歌、朗誦詩歌的頻率減少，但院子裡仍然綻放著鮮花，玄關也飄著油畫顏料的味道。

女兒半年後才要上小學，但她已經會寫平假名和片假名，我經常讓她寫信給外婆。

要再來我們家玩喲。每封信的最後，都寫了相同的話。當然，我比女兒更強烈希望母親來我家。

那時候景氣還很不錯，田所任職的那家鐵工廠的機器二十四小時運轉，因此，田所一個月中，有三分之一的時間要上夜班。

他雖然在鐵工廠上班，但體型乾瘦，我從來沒有想過，萬一小偷闖進家裡可以依靠他。當他酒醉之後，即使大聲叫他，用力搖他，也叫不醒他。

但是，當田所晚上不在家時，我就會極度不安。

即使連續多次確認門已經鎖好後才上床，只要聽到些微的動靜，就以為有人闖進來，心臟拚命發抖，每次都從窗簾縫隙向外張望，所以根本無法安心入睡。

尤其我家位在山麓的山丘上，房子後方就是一片雜木林的斜坡，只要風一吹，樹葉就沙沙作響，橡實也會落在屋頂上，發出咚的一聲巨大聲響。即使在深夜也無法安心。

田所的父母為什麼會買一棟建在這種偏僻地方的房子？如果是普通的住宅區，即使在深夜，也會感受到熟識的鄰居動靜，就可以感到安心，也不會風一吹就醒來。

不久之前，還在為山丘上只有我們這棟房子，可以獨占夕陽美景感到高興，現在每次遇到不安的夜晚，怨言就愈來愈增加。

從車輛可以行駛的大馬路轉入小巷後，還要沿著斜坡的狹窄階梯才能走到家裡；即使開車出門買東西，也必須提著沉重的物品，從租了位子的停車場走五分鐘才能到家。下雨的時候，無論小巷和階梯都嘩啦啦地流著水，十分危險，也很不方便。

如果住在平地，如果田所的父母沒有買這種地方的房子，現在——

我離題了。

總之，田所不在家的夜晚，我無法關掉客廳的燈睡覺；在悶熱的夜晚，也不敢打開窗戶。當我翻來覆去睡不著時，聽到身旁的女兒發出均勻的鼻息，甚至痛恨她在媽媽的保護下，理所當然地感到安心。

於是，我告訴了母親。

「我獨居好幾年了，從來沒有半夜醒過。」

母親對我的緊張一笑置之，決定在田所上夜班時住來我家。

月曆上代表田所上夜班日子的紅色圓圈，不再是憂鬱的代表，變成了令我興奮的符號。

母親每次都在傍晚四點到我家。我去公車站接她，一起去附近買菜後回家，母女兩人穿上同款不同色的圍裙，站在廚房做晚餐。那兩件圍裙是我做的，母親的是水藍色，我的是粉紅色。

傍晚五點半時，母親、我、田所和女兒四個人一起圍著餐桌吃飯，七點送田所出門，九點帶女兒上床睡覺，接下來就是我們母女共度的時光。泡一壺好喝的紅茶，配幾片餅乾，和母親聊天共度的夜晚時光，有著和白天見面時不同的氣氛，我彷彿回到了童年時光。

母親和我共同編織的時間……

母親為女兒買了書包，但裝營養午餐用的碗筷袋子和拎袋是我和母親一起縫製的。我用縫紉機做好後，母親負責刺繡。

「我問她，繡兔子好嗎？她說，她想要小鳥。聽她這麼說，覺得她的確比較適合小鳥。」

母親這麼對我說，在深藍色袋子上繡了黃色和淺藍色的小鳥。我突然想起自己小時候的拎包、袋子上，都繡了花朵、動物之類的漂亮圖案。那時候，我理所當然地使用比班上其他同學的拎袋更用心製作的東西，如今才知道是母親一針一線繡出來的，內心感動不已。

「哇，是小鳥。外婆，謝謝妳。」

翌日早晨，女兒起床後看到碗筷袋和拎袋時，興奮地叫了起來。她立刻拿在手上，在房間裡走來走去，說在上小學之前要收好，整齊地摺起來後，放進了自己的抽屜。母親高興地瞇眼看著女兒。

「外婆，練鋼琴的樂譜袋上我想繡凱蒂貓。」

女兒在上小學的同時開始學鋼琴。她請母親為她在裝樂譜的袋子上繡市售的卡通人物，這種行為簡直就在否定母親一針一線為她繡的小鳥拎袋。

從她懂事開始，我就教她要善解人意，懂得體諒他人，沒想到她竟然說這種讓我心愛的母親傷心的話。她身上果然流著出所的血。
從小到大，我始終深信自己是母親的分身。我們母女長得很像，我們的想法、感受也都一樣。但是，我從來不覺得女兒是我的分身。雖然她和我，還有我母親長得很像，只是從小就缺乏感性，或者說感情不夠豐富，似乎繼承田所家的基因比較多。
我很想當場向母親道歉，但那時候剛好在做早餐，暫時無法抽身。
「那下次繡凱蒂貓。」
看到母親說完，滿面笑容地和女兒勾著手指，我改變了主意，還是趁母親不在的時候，引導女兒自己跟外婆說，全部都要繡小鳥。
這時，田所回來了，一家人圍在餐桌旁吃早餐。
「啊，真好吃。」
母親稱讚我的廚藝。
四人座的餐桌有母親固定的座位，碗櫃裡也有母親的飯碗、湯碗和馬克杯。
我在心裡祈禱，真希望可以和母親一起住。
這是最後的，真的是最後的幸福時光。
那年夏天到秋天，氣候特別異常。

七、八月夏季的時候幾乎沒有下雨，颱風的暴風圈也完全沒有進入本州，但進入秋季的九月底之後，颱風接二連三登陸。

十月的國定假日時，在院子的花圃內重新種的三色堇花苗，被週末的大雨沖走了。我正為此感到惋惜，但看到電視新聞報導其他受災地區的消息時，不由得自我反省。颱風登陸也不會經過這一帶，不該為花苗的事抱怨，於是又去買了新的花苗。

來到花店，發現新的顏色剛好進貨，很難取捨到底該買哪些顏色，最後把十種顏色全都買回家，結果花圃內擠不下那麼多。我苦戰了半天，田所對我露出苦笑，最後母親把黃色、橘色和紫色三種顏色帶回了家。

那是我送母親的最後禮物。

十月二十四日那天，天空從早上就開始飄雨。

母親打電話來說，傍晚可能會下大雨，所以要提前到我家。兩點過後，我就去公車站接她，為了預防停電，還買了蠟燭、麵包和罐頭食品。

打開客廳的電視，電視上正在播颱風消息。秋雨前線籠罩了整個本州地區，在秋雨前線形成的強颱正漸漸逼近，入夜之後到明天清晨，將會出現豪雨。聽到主播的播報，我忍不住擔心，剛種下的三色堇恐怕又會被沖走。雖然三色堇根本不重要，還有其他更重要的事要注意。

在聽天氣預報時，其他事吸引了我的注意力。

上午從幼兒園回家的女兒，拿著母親送她的禮物興奮不已。母親送她一個繡了小鳥的拎包，和凱蒂貓的鉛筆盒。

「裝樂譜的袋子也繡上小鳥，其他同學就知道妳喜歡小鳥，下次妳生日時，同學就會送妳有小鳥圖案的禮物了。」

我用這種方式引導女兒，讓她打電話給母親：「我還是決定要小鳥。」但母親除了樂譜袋以外，還特地費心買了女兒原本想要的卡通人物文具送她。

「對不起，讓您費心了。」

我向母親道謝，母親笑著回答說：

「這是為了獨一無二的寶貝啊，妳和我客氣什麼啊。」

寶貝。雖然早就聽習慣了，但這時我突然產生了疑問。

母親口中的寶貝，到底是說我，還是指女兒。

主播應該就是在這個時候提醒，可能會發生洪水和土石流，請民眾多加防範。

田所三點多起床後，看著窗外說，雨可能會下得更大，決定提早出門上班。我把他的晚餐裝進便當盒，五點的時候，他說今天要開車去上班，然後就出了門。

母親、我和女兒三個人一起吃了晚餐，然後母親和女兒先洗了澡，我也馬上去洗了澡。差不多八點多，我剛洗完澡時就停電了。

我在廚房和客廳的桌子上放了兩個小碟子，點了蠟燭。

從打在窗戶上的雨聲和風聲，我知道強颱正在逼近，但和母親一起被橘色的燭光包圍時，完全沒有絲毫的害怕。心想著早一點上床睡覺，一覺醒來，窗外又會是一片藍天，甚至可以想像颱風過境後，會是萬里無雲的天空。

家裡的空間並不大，沒有客房，所以母親睡在我放嫁妝衣櫃的兩坪小房間內。當年結婚時，母親為我挑選了用料扎實的西式衣櫃和日式衣櫃當作嫁妝，以免我在田所家人面前抬不起頭，兩個衣櫃就占了房間的三分之一。

我和女兒的兩床被褥並排放在臥室，我們的臥室也只有兩坪，還放了我的梳妝臺，一旦再鋪田所的被褥，根本連站的地方也沒有。

在結婚當時，我就隱約感覺到，田所的父母無意讓我們一直住在這裡，尤其當女兒即將上小學後，他們經常透過田所拐彎抹角傳話，有沒有打算回去和父母一起生活。

光是想像和田所的父母住在一個屋簷下，心情就開始憂鬱。雖然我很有自信，即使和他們共同生活，我也絕對可以應付，只是那麼一來，就無法經常和母親見面了。

婆婆說，要為女兒買一張讀大學之前都可以用的大書桌，但如果書桌太大，家裡沒地方放，而一旦抱怨家裡太小，他們一定會叫我們搬去和他們同住。所以，我努力整理家裡，也盡量少買東西。

母親對睡在小房間沒有任何意見，即使五歲的女兒鑽進她的被子和她同睡，她也不覺得擠。女兒剛開始都會睡自己的被子，但稍不留神，就會抱著枕頭去小房間，鑽進母親的被子裡。

「我喜歡和外婆一起睡，好暖和喲。」

即使不是寒冷的季節，女兒也總是一臉可愛的表情說相同的話。

我以前也很喜歡鑽進母親的被子裡睡覺，只要身體有一部分貼著母親，就可以感受到母親的體溫，安心入睡。

聽到女兒說出和我小時候相同的話，不由得感到羡慕，但我已經無法再鑽進母親的被子睡覺了。雖然很希望至少能夠睡在她旁邊，可惜房間太小，所以無法如願。

雖然我也曾經打算把母親的被褥鋪在原本田所睡的地方，三個人可以一起睡在臥室，但母親數落我說：

「哲史在天亮的時候回家會想睡覺，我睡在他的位置不是很失禮嗎？每個人在家裡都有各自固定的位置，就像坐在餐桌旁，也有固定座位一樣。無論他在不在家，臥室都要留下他睡覺的位置，不然就太對不起他這麼歡迎我來這裡了。」

即使母親做了美味料理，他也完全不會說任何貼心的話，表達感謝的心情，令我很失望，但也不會像世間其他丈夫那樣，對岳母來家裡露出不悅的表情。

相反地，他還不時問我：「妳媽下次什麼時候來？」母親來家裡的時候，他會拎著平時從來不買的蛋糕，比平時更早回家。八成是因為母親經常說他好話的關係，母親對田所的評價超過我和我婆婆，田所應該也感受到了這一點。

正如母親所說，田所早上七點下班回家後，通常不吃早餐，也不洗澡，先回房間睡覺，的確應該為他保留平時睡覺的位置。

因為這些緣故，所以只有我獨自睡在臥室。

那天也是……

吹熄蠟燭，鑽進被子，閉上眼睛後，發現雨聲很不尋常，幾乎快淹沒風聲了。田所的鐵工廠位在海邊，安全上沒有問題嗎？我忍不住有點為田所擔心。不知道河水會不會氾濫？位在平地的房子沒問題嗎？我不由得想起在新聞報導中看到的房屋淹水的影像。

我一直閉著眼睛，當下一次睜開時，發現雨勢漸漸變小了。隨著雨聲變小，聽到一個奇怪的聲音，好像昆蟲飛行時發出的嗶嗶尖銳聲音在耳朵深處震動。一開始我以為是耳鳴，但雨聲停止後，發現嗶嗶的聲音不是來自我腦袋，而是從外面，從遠處傳來的。

是什麼聲音？不是警笛聲，但我曾經聽過這個聲音。

我終於發現，那是汽車的喇叭聲。之所以沒有馬上意識到，是因為平時聽到的喇叭聲只是嗶、嗶的響幾次而已，但我聽到的是持續不斷的喇叭聲，而且，並非只有一輛車子的喇叭聲在響。

數十輛、數百輛，附近一帶的汽車全都發出慘叫聲。這麼晚了，應該不可能塞車，漆黑的城市到底發生了什麼事？我不由得感到不安。不知道這種情況會持續多久，為什麼大家都按個不停呢？不，我在這麼遠的地方聽到這些喇叭聲，已經這麼不安了，身陷其中的人一定快瘋了。

事後我才知道，汽車喇叭之所以一直響個不停，是因為河水氾濫，所有的車子都泡水了。

遠處傳來的喇叭聲讓我愈來愈緊張，這時，突然聽到一聲巨響，附近的地面好像隆了起來，壓向我們的房子。

整棟房子都用力搖晃起來。該不會！在我坐起來的同時，房子發出吱吱咯咯的聲音。

後山發生了土石流，沙土壓向我們的房子。

咚。我聽到重物倒塌的聲音。

「媽媽！」

我聽到女兒模糊的聲音。

我拉著電燈開關繩，但燈沒有亮。我摸索著走出漆黑的臥室，點亮了廚房桌子上的蠟燭，接著，又點了客廳桌上的蠟燭，發現通往小房間紙拉門的柱子歪了。房子被壓垮了。

我想要打開紙拉門，但打不開。

「歐卡桑，您沒事吧？」

我隔著紙拉門問，但沒有人回答，只能隱約聽到母親的呻吟。

母親發生了什麼事？我助跑之後，用身體撞向拉門，幾次之後，紙拉門終於被撞開了。昏暗的燭光中，我看到衣櫃倒了下來。靠山那一側的牆壁倒塌，日式衣櫃和西式衣櫃一起倒了下來。

「歐卡桑！」

我從被打破的紙拉門衝進房間，身後傳來喀答的聲音，但我無暇理會。

「歐卡桑，您在哪裡？」我大聲叫著。

「我在這裡……」西式衣櫃下傳來母親氣若游絲般的聲音。我定睛一看，日式衣櫃完全倒地，但西式衣櫃只倒了一半。

我從日式衣櫃和前方牆壁之間微小的縫隙，鑽進房間深處，漸漸適應黑暗的雙眼，看到了被壓在西式衣櫃下的母親探出頭。中間雖然夾著被子，但沉重的衣櫃壓在母親背上，衣櫃的下方埋進了倒塌的牆壁和像黏土般的土石中。

我渾身顫抖，身體深處發出無聲的慘叫。

我雙手扶著西式衣櫃邊緣，用盡渾身的力氣想要抬起來，但衣櫃一動也不動。

「別管我，先去救女兒……」

母親趴在地上說道。我探頭往衣櫃深處張望，看到女兒裹著被子，只有腦袋探了出來。

「媽媽，救我。」

我聽到她帶著哭腔的模糊聲音。當我救出她們其中一人時，另一個人必定會承受更重的重量。

「等一下，我去找人來幫忙。」

說完，我正想衝去客廳，但是火燒了進來。客廳的沙發燒起來了，火勢蔓延到窗簾。我愣在那裡，火勢愈燒愈旺，如果我出去求救，火勢就會立刻把整棟房子吞噬。

我家沒有滅火器，即使去廚房用水桶裝水滅火，恐怕也來不及了。外面的雨下個不停，但無情的火愈燒愈猛烈。

「來不及了，趕快。」

母親聞到了煙味，察覺到房子燒起來了，用盡渾身力氣對我叫喊。

我回到小房間，把雙手伸到西式衣櫃下方，抓住了母親的雙手。

「不是救我。」

母親更大聲地說道。

「為什麼？為什麼啊？」

「妳要救的人不是我。」

「您是我最重要的人，您是生我、養我的人。」

我的腦海中立刻浮現和母親共度的日子。

「妳別說傻話了，妳已經不是小孩子了，妳是母親。」

「不要，我是您的女兒。」

我不想失去母親。我滿腦子只想到這件事。

我用盡全身的力氣拉著母親的手臂，好不容易才拉出十公分，我把雙手放在母親的腋下，更用力地拉，終於又拉出了十五公分。

「住手，趕快住手。妳為什麼不聽我的話？妳是母親，必須去救女兒。」
母親好不容易從衣櫃下抬起頭，注視著我說。
女兒……看到失火後，失去冷靜的我看著母親的眼睛，終於回過神，想起女兒的存在。
對了，女兒也被壓在衣櫃下面。
即使如此，我仍然無法放開母親。
背後愈來愈熱，同時傳來滋滋滋滋的聲音。
「不要，我不要。我想救您，女兒再生就有了。」
我寫了什麼離經叛道的話嗎？
如果可以同時救兩個人，我當然會這麼做。
但在只能救一個人的狀況下，到底該救生我、養我的人，還是救我生下的人？沒有人能夠想像，為了做這個決定，我心如刀割，整個人好像被撕裂了。
應該救有無限未來的人。身為母親，當然應該救孩子。我才不想聽這種旁人喝著茶、空談的話，這種人絕對誰也不救，只顧著自己逃命。
當我流著淚、搖著頭，頭髮散亂時，火舌不斷吞噬房子，終於燒到了被我撞破的紙拉門。火光中，我清楚地看到了母親的臉。

正因為如此，我無法鬆開母親的手。

「拜託妳，聽我的話。比起救我，我更樂於看到自己的生命延續到未來，所以……」

淚水從母親的眼眶中流了出來，順著臉頰滑下來。

「不要！」

我用力大喊，想要淹沒母親的聲音。火愈燒愈旺，幾乎吞噬了我的聲音，撲向日式衣櫃。

「有妳這個女兒，我真的很幸福。謝謝妳，從今往後，把妳的愛給女兒，盡己所能地疼愛她，悉心照顧她長大。」

這是母親臨終的話。

啊啊，神父——

因為太忘我了，之後的記憶很模糊，但我應該在熱氣和煙霧中，把女兒從衣櫃下救了出來，抱著她衝進火中，衝出屋外。

我拋下了母親。無法把她裝進棺材，也無法用鮮花包圍她。

田所應該是立刻趕回了家中。他以為我為了救母親，打算衝進冒著熊熊烈火的家中，所以用滿是油汙味的雙手從後方將我反手抱住。

只有我知道，為了救女兒，我用母親的生命來交換。

盡己所能地疼愛……我知道答案了。

因為這是我母親臨終的遺願，所以我悉心照顧女兒。

所以，我怎麼可能親手奪走女兒的生命？

女兒的回憶

美好家庭的畫面被火燒光了。

失去開滿了玫瑰、百合的夢想家園，也和外婆永別了，和這個世界上，唯一帶給我「無償的愛」的人死別。

外婆臨終送我的禮物，是有小鳥刺繡的樂譜包和凱蒂貓的筆盒。雖然我原本希望外婆幫我在樂譜包上繡凱蒂貓，但媽媽建議我全部繡小鳥，所以我就這麼告訴外婆了。

於是，外婆除了樂譜包以外，還送了我一個凱蒂貓的筆盒。雖然當時我很開心，但現在突然想到一件事——

外婆是不是會錯意，以為我不想要她親手製作的東西，想要市售的商品？果真這樣的話，外婆一定很失望，但我完全沒有這種想法。外婆很擅長刺繡，為我製作世界上獨一無二的東西總讓我樂不可支。

但是，即使現在後悔也來不及了。與其為這種不確定的事煩惱，還不如回想一些開心的事。

摺紙、畫畫、玩娃娃，和外婆一起去逛街。她總是稱讚我：「妳算術真好。」寫信給她時，她也會誇獎我：「妳的字寫得真漂亮。」

外婆溫柔地摸我頭的手很溫暖，就好像無色無味的回憶世界中，不時會出現顏色和香氣，關於外婆的回憶，也總是帶著溫度。

摸頭、牽手，雖然有很多關於外婆溫度的記憶，但我最喜歡的是鑽進外婆被子時的溫度。平時躺進被子後總是難以入睡，只要鑽進外婆的被子，被她的溫暖包圍，就好像靈魂出竅般，立刻進入沉睡的世界。

外婆無論在任何時候，都會溫柔地迎接我。即使冬天洗完澡之後，一直光著腳，然後雙腳冰冷地鑽進她被子時也一樣。

「好冷，好冷，外婆馬上為妳暖和暖和。」

說著，用雙腳夾住我的腳……正因為這樣，我才會喜歡中谷亭。

中谷亭為什麼又冒出來了？難道那也是關於溫度的記憶嗎？

黑暗中回顧的人生似乎無法按照時間的順序進行。

那是高中一年級的事。

學校在十一月舉行了戶外合宿。分配房間時，原本是男女分開，但因為少數幾對幸福的情侶，以及大多數不安於室的同學，導致不屬於以上這兩種類型的我，也必須在狹小的小木屋內男女混睡。

而且，我剛好睡在三個男生和三個女生的交界處。雖然不是基於什麼計畫，但原本應該睡在我旁邊的三個女生都溜出小木屋，中谷亨和另外兩名男生來我們小木屋睡。

我並不討厭亨，只是他對我而言，不是那種一出現在我身旁，我就會臉紅心跳得睡不著的人。雖然我們同班，但因為不是讀同一所中學，不太清楚他是怎樣的人，只知道他參加了田徑隊，卻不知道是什麼運動項目的選手。我對他的感覺差不多就是這樣。話說回來，被趕出小木屋的男生差不多都是這種人，但像我這種沒有地方可去，只能留在自己小木屋的女生也差不多。

合宿的地點位在深山，白天很溫暖，入夜之後，氣溫驟降，即使在小木屋內，吐出來的氣也都是白色的。因為在奇怪的季節爆發了流行病，所以原本安排在五月的戶外合宿只好延期。

「如果你敢毛手毛腳，我就大叫喔。」

「誰會做那種事啊。」

關了燈之後，六個人同時鑽進了被子。睡在角落的男生和女生相互牽制，避免有任何接觸。但是，只蓋一床又潮又重的被子太冷了，根本無法入睡。我已經習慣睡不著這件事，所以呆然地回想小時候的事，把被子捲在身上翻著身，右腳不小心碰到了硬物。

那是睡在旁邊的中谷亨從被子裡伸出來的腳。

「對不起。」

我脫口向他道歉，因為我知道自己的雙腳冰冷，但他沒有回答。幸好沒有把他吵醒。我暗自鬆了一口氣，再度翻身仰躺著，閉上了眼睛。就在這時，有兩隻腳伸進了我的被子。

外婆。

那一剎那，我以為是外婆的腳，但觸感完全不一樣，那雙腳很瘦，硬邦邦的。那雙溫暖的腳纏在我的腳上，把我的腳夾了起來。

我驚訝地張開眼睛，看向腳伸進來的方向。微弱的亮光中，看到亨朝著我的方向，閉著眼睛，有規律地呼吸著。他可能睡迷糊了。我很擔心在我的腳暖和之前，反而讓他的腳變得冰冷，想要慢慢把腳抽出來，但那雙腳很用力，我抽不出來。

我只好閉上眼睛，腳下的溫暖慢慢傳遍全身，讓我一覺睡到天亮，完全沒有醒來，也沒有做任何惡夢。我擔心被其他人看到，悄悄地把腳抽出來，這次他沒有夾住我。

看著他熟睡的樣子，覺得他不戴眼鏡看起來比較帥，但隨即覺得自己想太多了，慌忙用被子蓋住臉。

亨起床之後，我該用什麼態度面對他？要向他道歉，還是要道謝？或是乾脆假裝不知道？我認真地思考這個問題。此時原本應該睡在這裡的幾個女生回來了，說老師差不多該來查房了，把亨和其他男生叫了起來，趕出了小木屋。

兩個星期後，我開始和亨交往。

雖然是他提出交往，但他在戶外合宿之前，也完全沒有注意過我。

只是曾經在放學後，偶然看到我躲在英語研究社的社課活動室外喝提神飲料，稍微有點印象而已。去合宿的時候，他被突然闖進小木屋的女生趕出來，剛好睡在我旁邊，但不小心碰到我的腳，發現我的腳冰冷，覺得好像該幫一點忙，就不假思索地把腳伸了過來。兩個人的腳纏在一起睡覺後，產生了一種我是他女朋友的錯覺。

當他提出「我們交往吧」時，我毫不猶豫地點頭，是因為亨不假思索的舉動剛好和我最幸福的記憶產生交集嗎？還是更單純的，我只是渴求關心我的人？

「那我們以後就直接叫對方的名字。」

亨最初這麼提議。可能他察覺即使是關係不錯的女生，也都叫我「田所」，所以特別提出這樣的要求吧。他的這種地方也很像外婆，但是，我拒絕了他的提議。因為沒有人叫我的名字，所以我會覺得那不是在叫我。

於是，亨叫我「皮助」。那是他以前養的文鳥的名字，據說和我很神似。為什麼要用公鳥的名字叫我？我雖然不滿，但並沒有反對。

「原來妳知道自己很像鳥。」

他發現我的筆記本、手帕等很多東西上都有小鳥的圖案，便在我生日時，送我一個有小鳥圖案的小鏡子。我很喜歡那個簡單可愛的小鳥，很想蒐集相同圖案的其他用品，便問他在哪裡買的，他說是自己用壓克力顏料畫在素色木框的鏡子上。小鳥天真無邪的表情和羽毛細膩的顏色畫得太出色了，我不好意思告訴他，我在中學參加過美術社。

那次之後，他經常在我的東西上畫鳥。

我記得那個小鏡子放在口袋裡。

雖然很想拿出來，但我的身體完全無法動彈。我猜想我的身體已經冰冷了。

亨第二次為我暖腳時，我稍微提起了和外婆之間的回憶。我告訴他，外婆在我快上小學時死了，告訴他小鳥刺繡的事，還有鑽進外婆被子裡的事。

「妳外婆人真好，真希望見見她。」

原本以為他不喜歡被我拿來和外婆相提並論，沒想到他這麼回答。

我暗自高興雀躍，但並沒有把外婆的死因告訴他。

我從來沒有告訴過任何人。

因為不願回想起幸福的終點，所以隻字不提，但腦海中已經響起激烈的雨聲。聲音。那天的記憶伴隨著聲音。

心愛的外婆突然離去，就是在那一天。

那是我五歲的時候，離上小學還有半年的時間。

那時候，爸爸經常在鐵工廠上夜班，爸爸不在家的日子，外婆常常來我們家住。我寫信給外婆時，媽媽總會叮嚀我，要請外婆來家裡玩，但即使媽媽不說，我也會寫。

爸爸和媽媽在夢想的家中從來沒有吵過架。朗誦詩歌或是唱歌的身影雖然很美，看起來很幸福，卻很少有笑容。當外婆來家裡時，就會看到他們的笑容。

外婆一句不經意的話，常常讓爸爸露出只有和他關係親密的人，才能察覺的笑容，媽媽也會露出燦爛的表情。我自己應該也一樣。

那是因為外婆臉上總是帶著溫柔和悅的笑容。

住在夢想的家中時，媽媽經常說，人的臉就像是鏡子。我猜想這句話是從外婆那裡現學現賣的，但年幼的我忍不住想，難怪外婆來家裡時，大家都會露出笑容。看到對方面帶笑容，自己也會不由自主地微笑以對；當對方怒目相向時，自己也會怒顏以對。

但是，田所家的人顛覆了這種說法。當我露出笑容時，他們就會不高興；當我累得失去表情時，他們就會喜上眉梢。

外婆果然是與眾不同的人。

對爸爸來說是如此，對我來說也是如此，對媽媽來說更是如此。

報上刊登了外婆的死訊，因為非颱風季的颱風引起土石崩塌，造成外婆死亡。我從報紙上知道，那次颱風是二十年來規模最大的颱風。記憶中的風雨都很強，所以看到報紙上這麼寫，我完全能夠接受。

那天，外婆比平時提早到我們家。我很期待和媽媽一起去公車站接外婆，然後一起去買菜，但那天外面在下雨，媽媽擔心我在階梯上跌倒，所以我就和在臥室睡覺的爸爸一起留在家裡。

我一直在窗前張望，希望外婆趕快出現，此時發現烏雲漸漸籠罩了整個城市。我用力閉著眼睛，祈禱著外婆可以趕在烏雲之前來我們家。這時，外婆真的出現了，我衝到玄關，用力撲向外婆。

外婆為我帶來了禮物，是小鳥的樂譜袋和凱蒂貓的筆盒。雖然那天送的禮物並沒有很特別，但我記得當時興奮得心跳加速，拎著樂譜袋在房間裡走來走去。

現在回想起來，也許是因為漸漸逼近的烏雲讓我當時心跳加速。雖然獨自承受令我害怕，但和喜歡的人在一起，就變成一件興奮的事。也許這才是我當時的心境。

媽媽和外婆買回來的蠟燭、罐頭食品也有一種非比尋常的感覺，令我感到興奮。平時總是吃完晚餐才去上班的父親說要提早出門，媽媽在做便當時，我在旁邊幫忙放塑膠紙，把酸梅放在白飯上。比平時更早送爸爸出門後，我們也提前吃晚餐，提前洗澡。雖然只是和平時稍微有點不同，但因為這稍微的不同，讓我可以清楚地回想那天的事。

媽媽剛洗完澡就停電了。媽媽先在廚房點了蠟燭，之後在客廳也點了蠟燭。黑暗中亮起橘色的燭光，我一點都不覺得害怕，卻抱著外婆的手說：「好可怕。」因為年幼的我知道外婆會說：「別擔心。」然後抱住我。

所以，那天我一開始就打定主意要和外婆一起睡。

雖然我和媽媽都睡在臥室，但外婆來家裡的時候，我一開始會睡在自己的被子裡，但總是伺機溜去小房間，鑽進外婆的被子。

「妳明年就要讀小學了，要學會自己睡。」

即使外面風吹雨打，家裡也停電了，媽媽還是像往常一樣責備我，但我充耳不聞，因為外婆每次都會袒護我。

「上小學之後，就要學會獨立喔。」

一個月前，書包推出新款式時，外婆就幫我買好了。

雖然那時候天氣還不冷，但那天我一鑽進外婆的被子，就立刻抱著她，外婆也夾住我的腳。我維持平時鑽進外婆被子時的姿勢睡著了。

那是黎明時分，報紙上說是凌晨五點多，但我睡得很熟，覺得是半夜。我在睡夢中聽到轟隆隆……山崩地裂的聲音，嚇得我張開了眼睛。

隨即我的身旁響起嘎嘎嘎的聲音，地板在搖晃。外婆叫我：「快出去。」我正打算站起來，兩個衣櫃接連倒了下來。靠近門口的日式衣櫃「咚」的倒了下來，西式衣櫃則倒了一半。

西式衣櫃壓住了外婆的背，衣櫃雖然沒有壓在我身上，但裹著被子的我被壓在外婆和衣櫃之間的縫隙中動彈不得。

「外婆，妳還好嗎？」

外婆沒有回答，只聽到微弱的呻吟。

「媽媽！」

我用力大叫。

雖然周圍的聲音都靜止了，但遠處傳來嗶嗶的聲音，好像壞掉的玩具不斷發出的電子聲。一想到自己的聲音可能被那個聲音淹沒了，就很害怕，也很不安。

不一會兒，我聽到身體撞擊紙拉門的聲音，我知道媽媽在小房間門口。我被壓在衣櫃深處，蓋著被子，只能感受到媽媽的動靜，聽不清楚她說話的聲音，但我知道媽媽拚命想要救外婆。

媽媽伸出手，拉著外婆的手臂，想要用力把她拉出來，但是，只能把外婆的身體稍微拉出來一點而已。趕快，趕快把外婆救出去。我帶著祈禱的心情想道，突然聞到一股焦味。房子燒起來了。當我意識到這件事時，身體發抖，呼吸困難，意識漸漸模糊不清。

朦朧中，隱約聽到媽媽和外婆的聲音。雖然她們愈來愈大聲，但我只聽到母親、女兒之類的字眼，完全不知道內容。不要再說話了，趕快……我的想法無法變成聲音，在腦海中彈開、消失了。

就在這時，我聽到媽媽的慘叫聲。

那應該是外婆斷氣的瞬間。

外婆……

不一會兒，一雙帶著油味的手伸到衣櫃下，把我拉了出去。我吸入了房間內瀰漫的煙味，完全昏了過去，來不及看外婆最後一眼。

我一直以為外婆的死因是「壓死」，但爺爺和奶奶說是「燒死」，正確地說，是「活活燒死」。爸爸和媽媽絕口不提外婆的死因，他們也從來不提那天的事，彷彿封閉了夢想之家。

我實在太想念夢想之家了。讀中學時，曾經查了以前的報紙，報紙上寫著，「遭到土石流災害後，蠟燭的火引燃了家具」，同時提到了颱風和火災這兩件事，但並沒有提到外婆的死因。

對媽媽來說，這也許是唯一的救贖。雖然是意外，但那時候是媽媽點了蠟燭。這件事絕對不可以提。我這麼告訴自己，也把夢想之家的回憶埋進了內心深處。

給予我「無償的愛」的人、無可取代的人死了。

上小學之後，就要學會獨立喔。
這句話成為外婆對我的遺言，這個世界上唯一愛我的人離開了我，失去了夢想之家的真相……
如果那時候我死了就好了。
比起媽媽恨不得殺了我，死因是土石流或是火災，我的人生還不至於那麼慘。

◇

誰能如此地愛我，
而願捨棄自己寶貴的生命？
誰甘願為我殉葬大海，
我將從石像中獲得解脫，
重新走向生命，生命將復甦。
我如此渴求奔湧的熱血，
石像卻寧靜依舊。

我希冀生命，生命如此快樂。
有誰具備喚醒我的勇氣？

倘若有朝一日，我得到最珍貴的東西，
在生命中獲得重生……

……

我將孤獨而泣。
我將因渴望重返石像而哭泣，
即使我的血如葡萄酒般甘醇濃郁，又有何用？
已經無法將我最愛的人，
從海底喚回我身邊。

第三章

嘆息

關於母性

既然這樣，那就一起吃晚餐，邊吃邊聊吧。

坐在我旁邊的國文老師這麼說，於是，我帶他到「小律」。

「喂，喂！怎麼跑來章魚燒店啊？雖說快月底了，但也未免太小氣了吧。況且，雖然是妳有事要找我聊，但我也沒打算敲竹槓，讓後輩請客啊！」

「千萬別只從外觀判斷。白天的時候，這裡的確是家庭主婦和學生出入的章魚燒店，到了晚上，就是小有名氣的小酒館。除了章魚燒以外，還有其他菜色，但既然聞到了這股味道，恐怕沒辦法不點一盤來吃吧。配啤酒超讚的。」

說完，我率先走進店內。小律手拿鐵籤，站在有許多圓形凹洞鐵板前，很有精神地招呼說：

「歡迎光臨，啊喲！好久不見了，這位是？」

「我同事。」

「妳好，很高興認識妳，果然很有御多福家的感覺……」

「不要把心裡的話說出來，真沒禮貌。」

我數落著國文老師，舉起一隻手，對小律說了聲「抱歉」，小律笑了笑，一副「我知道他在開玩笑」的表情，安排我們坐在吧檯角落的位置。

我點了生啤酒和烏龍茶，醬汁口味和醬油口味的章魚燒各一盤。

「你不喝酒嗎？」

「我暫時戒酒，妳不用管我，隨意就好。」

「那我就不客氣了。」

這家店只有小律一個人張羅。她把啤酒倒進冰過的大啤酒杯，把圓形冰塊放進冰烏龍茶的杯子裡，然後和一碟毛豆一起放在吧檯上，說了聲：「請慢用。」再度低頭面對鐵板。準備外帶的客人排在面向馬路的窗前，小律忙碌不已，但動作很俐落。

「今天辛苦了。」

國文老師舉起酒杯，做出乾杯的動作，拿起毛豆吃了起來。

「今天早上，妳問我那篇報導的事，我一整天都在想這件事……的確，那個學生不可能自殺，但我只瞭解到前年為止的她，再加上她不需要太費心，也沒有太多的接觸，所以也不能說完全沒有自殺的理由。即使想了半天，也沒想出所以然，但是，我還有更不瞭解的事。」

「什麼事？」

「妳為什麼對這起事件有興趣？妳可別說，只是身為教師，想瞭解這件事而已。」

「因為……」

「兩位久等了。」

小律雙手各拿著一盤章魚燒，「咚」的一聲放在吧檯上。外帶的章魚燒都裝在用完即丟的塑膠容器中，但晚上在店裡吃的時候，都會裝在黑底紅邊的舟形陶盤上，感覺特別有味道。盤子上的八個章魚燒並不是時下主流的大丸子，而是傳統的中丸子，可以一口吞下一個用辣油刷過、表面烤得脆脆的章魚燒。

「先吃吧。」

我的話還沒說完，國文老師就從吧檯上的筒子裡拿出竹籤，刺進柴魚片正在跳舞的醬汁章魚燒上。

我的確想瞭解那起事件，至於要不要把自己的身世告訴他，要在吃章魚燒時好好想一想。

母親的手記

神父——從母親死去的那一天開始，我的人生完全變了樣。

我失去了父親，也失去了母親，在這個世上舉目無親，我孤獨活在偌大的世界。這個世界應該是多麼寬廣美好，但我的周圍失去了太陽，只有一片漆黑。即使腳下綻放了美麗的鮮花，我不僅無法察覺，甚至可能在不知不覺中踩在腳下。

「妳是一個宛如太陽般的孩子。」

母親經常這麼對我說，但母親才是我的太陽。如果母親是太陽，我只是月亮。照亮夜空的月亮無法自己綻放光芒，只是反射太陽的光芒而已，失去太陽的月亮，就和路邊的石頭沒什麼兩樣。

在黑暗中滾落的石頭，只能默默祈禱不會有人踢到自己而被絆倒，但或許我還抱著一線希望：即使只是人工的燈光也好，希望有人注意到我的存在，再度溫柔地照亮我。

不要對我說，妳不是有田所和女兒嗎？如果家人是指生活在同一個屋簷下的人，他們或許是我的家人，但他們和我的父母對我的意義完全不同。

對我而言，家人就是共同分享喜悅的人。

田所和女兒，以及那些在可怕的日子之後，不得不同住在屋簷下的田所家的人，無論我帶給他們多大的喜悅，他們也不會回饋給我百分之一。

即使如此，我還是盡了自己最大的努力。雖然我從小到大，都一直在努力，但我終於發現，那是因為有父母的愛，我才能付出那些努力，是以自己的行為能夠獲得稱讚為前提的甜蜜感覺。於是，我下定決心。

既然沒有人用光照亮我，那我這塊石頭就自我磨練。如果因為失去了光，整天鬱鬱寡歡，太對不起生我、養我的父母了。我要努力像母親一樣，成為會綻放光芒的人。

神父，我帶著打落牙齒和血吞的決心，自我鍛鍊後發出的光，偏偏……

偏偏被女兒阻擋了。

我當然愛我的女兒，我也希望自己發出的光最先照亮她。但是，她的內心有一道黑暗的大牆反射溫暖的光，讓別人無法靠近，就連我這個母親也一樣。

那是颱風之夜的四年後，女兒十歲生日的夜晚，我終於發現了這件事。

曾經是小嬰兒的她，如今已經長這麼大了。看到女兒熟睡的樣子，我伸手想要去摸她的頭，當我的手稍微碰觸到她的髮梢時，她用力把我撥開，好像在推開什麼令人厭惡的東西。

女兒並沒有醒來，只是在無意識的狀態下，拒絕了我的手。

你能體會我當時的絕望嗎？

從我懂事的時候，不，應該從更早之前，母親總是溫柔地撫摸我。不光撫摸我的頭，而是用溫暖的手，充滿慈愛地撫摸我全身，為女兒的成長感到喜悅。

即使我不慎跌倒受了傷，只要母親為我塗上藥膏，就可以立刻緩和我的疼痛；即使在學校和同學吵架，流著眼淚回家，只要母親撫摸我的額頭，就可以讓我擦乾淚水，有勇氣在第二天去學校時，和同學言歸於好。

考試滿分時，我一路跑回家，把考卷攤在正在廚房準備晚餐的母親面前。母親說：「妳太棒了。」用圍裙擦乾手上的水，讓我嚐一口她剛做好的菜。

現在這樣寫在筆記本上，就可以回想起母親做的馬鈴薯燉肉的味道。

母親用長筷子夾起馬鈴薯，用力吹著氣，放進我張大的嘴巴。舌尖上軟爛的馬鈴薯吸收了湯汁的鮮美，我慢慢嚼動。母親伸手撫摸我的頭說：「歐卡桑真高興。」我吞下馬鈴薯，一臉得意地回答：「我是為歐卡桑而努力的。」母親又高興地摸了我的頭。

馬鈴薯經過喉嚨時很溫暖，母親的手更溫暖，由內而外、由外而內地溫暖了我。

我只是希望女兒也可以感受到相同的喜悅。

但女兒會拒絕我，或許是我自作自受。因為，那是我在那天之後第一次碰她。

那天之前，我毫不猶豫地和女兒牽手，讓她坐在我的腿上，撫摸她嬌小的身體，就像母親曾經對我做的那樣。

去街上買菜時，我喜歡讓女兒走在中間，我們一家三口手牽著手，從位在山丘的房子走向通往停車場的坡道。田所有時候會害臊，說萬一有車子很危險，想要鬆開手，但我對他說，這裡是山麓的鄉間小路，有車子經過的時候再放開手就好。於是，他繼續握著女兒的手，配合女兒的步調，一邊走路，一邊吹口哨。

我悄悄回頭，看到三個拉得長長的影子，覺得好像是父親、母親和我三個人走在一起，幸福頓時湧上心頭。但是……

當我回過神時，發現不僅自己不碰觸女兒，甚至極力避免她碰觸到我，這絕對不是因為我對女兒的愛消失了。不知道是女兒的手很特別，還是所有小孩子的手都一樣，即使在冬天，她的手仍然很暖和。

她溫暖的手讓我想起母親，把我推入悲傷的深淵，讓我想到母親再也不會溫柔地撫摸我的頭。

我沒有母親，她卻有母親。

當她叫「媽媽」的時候有人回答，有人撫摸她的頭。為什麼她有，我卻沒有？

我沒有做錯任何事。為什麼她完全不懂得體諒我失去了母親，不為我的心情著想，一臉理所當然地向我撒嬌？

即使知道女兒完全沒有錯，還是會不由自主地甩開她握過來的手。

正因為想要彌補，所以當她睡著時，想要撫摸她的頭。

沒想到她拒絕了我。

神父，如果肢體沒有直接的接觸，就無法培養愛情嗎？無法靠心意傳達嗎？我不認為如此。即使母親離開後，我仍然感受到母親的愛。

母親對我的愛，讓我內心形成了想要為長輩奉獻，取悅他人比自我滿足更優先的想法。

要為田所的父母奉獻，要善待田所的妹妹，這兩句話說起來很輕鬆，但要真正付諸行動並不容易。好幾次都覺得我為什麼要承受這些，也曾經想要拋下一切，更曾經想要大叫「我不要」，但是，我也同時感受到母親的「愛」。

「妳很了不起，不愧是歐卡桑的女兒。」我聽到母親這麼對我說。

母親曾經教導我，必須成為這樣的人，我也這樣教導女兒。女兒很聰明，能夠充分理解我說的話，我也曾經為女兒的成長感到欣喜，知道她接受了我對她的愛。

但是，她完全不瞭解。

山丘上的房子燒毀後，我們只好住去田所的老家。

婆婆迎接我們的態度，完全忘了之前曾經多次暗示我們搬回去住。

「我這個人很容易操心。女兒好不容易搬出去，我想過幾天清閒的日子，結果你們一家三口搬回來住，讓我覺得很有壓力。我乾脆去租一個房子，自己搬出去住好了。」

我很想回答：「既然這樣，那我們搬出去住。」但剛失去母親的我無力反駁，只能深深地鞠躬拜託：

「我們絕對不會給您添麻煩，請讓我們住在這裡。」

田所家是兩層樓的日式房子，我們住在二樓的房間。田所和女兒很自在地把電視聲音開得很大，或是聽音樂，只有我整天戰戰兢兢，連走路都不敢發出聲音。

因為婆婆只注意到我發出的聲音。我每天都是最後才洗澡，但是，好幾次當我洗完澡走出來時，發現她不知道什麼時候站在脫衣處，我還來不及穿上衣服，她就罵我用太多水了。所以，即使用浴池內已經變冷的水沖洗身體，也只敢用少量的水，以免發出聲音。

可能是因為這個原因，我搬去田所家後不久就感冒了。當大家吃完早餐，我收拾完畢後，回房間內躺著休息時，婆婆走進二樓的房間。

「我是勉為其難讓你們住在家裡，妳以為自己是大小姐嗎？」

即使告訴她我發燒了，她也沒有一句關心的話，反而冷言冷語地說：

「妳不要以為感冒就可以什麼都不做。一旦知道感冒可以逃避做事，妳恐怕會感冒一輩子。我即使發燒到四十度，也照樣下田幹活，妳要慶幸今年的稻子已經收成了。」

聽到她這麼說，我只能搖搖晃晃地起身，拿著掃帚打掃院子。

寬敞的院子很漂亮，有四季盛開不同花朵的樹木，還種了枝垂櫻。紅葉的季節，被颱風吹光樹葉的樹木看起來很淒涼，簡直就像是我的寫照。

我們除了身上穿的衣服以外一無所有。婆婆為田所和女兒買了新衣服和新內衣褲，卻拿已經出嫁的田所妹妹憲子的舊衣服給我穿。憲子的骨架比較大，我穿她的衣服太鬆了，肩膀都垂了下來，看起來很邋遢。

即使我花了長時間做的三餐，婆婆也說不好吃，連同盤子一起丟進垃圾桶。洗衣服時，她說不要和我的衣服一起洗，命令我重洗。當我發燒時，也不允許我躺下來休息。

與其過這樣的日子，不如乾脆去找母親。

我滿腦子這樣的想法，在打掃院子時，也打量周圍樹木，認真思考哪一棵樹適合上吊。如果可以，我希望找一棵很像我目前樣子的枝垂櫻，只可惜低垂的樹枝難以承受我的體重。既然這樣，我就在樹下咬舌自盡吧。

在母親的滿七結束後，我真的打算這麼做，沒想到……

滿七的那天早上，我和平時一樣拿著掃帚來到庭院，發現枝垂櫻的枝頭綻放了一朵淡粉色的八重櫻。我從來沒有聽說櫻花會在十二月開花。

這一定是母親的力量。母親藉由這朵花為我加油，叫我不要想那些無聊事，要像這朵櫻花一樣，即使缺乏開花的環境，只要憑自己的努力，就可以綻放。

婆婆找我麻煩，是因為我的心沒有向著她，她識破我並沒有把她當成自己的母親。只要能夠瞭解婆婆的期待，真心誠意為她奉獻，她一定會接納我。

於是，我努力讓自己慢慢成為田所家的人。

我在日常生活中隨時注意各種細節，也比公婆更努力投入原本不習慣的農務工作。就這樣過了三年多，婆婆雖然照樣對我口出惡言，但偶爾也有好事發生。

他們在院子裡建了一棟偏屋。

因為去大阪女子大學讀書的小姑律子，畢業後要搬回家裡住，二樓的房間要空出來給她，所以我們必須搬出去。雖然偏屋只是簡單的日式平房，但大小、格局都和之前在山丘上的房子很像，只是沒有浴室，廚房也只有一個小流理臺而已，三餐都要去主屋一起吃。

即使如此，能夠擁有自己的空間，還是令我雀躍不已。

當初是婆婆提出要建偏屋，在這件事上，我發自內心感謝她。我摸著結了很多花苞的枝垂櫻，向母親表達了感謝，覺得自己的努力終於得到了認同。

我很慶幸小姑律子搬回來住，但是，日常生活並沒有因此立刻變得快樂。這就是一家人在一起吃飯嗎？雖然我知道再怎麼思考這種問題也沒有用，但我每隔三天就會嘆一次氣。榻榻米房間內，公公和田所坐在長方形矮桌的兩端，婆婆和律子坐在內側，我和女兒坐在靠門的座位。

吃飯的時候，公公和婆婆每天都會為了捐款給寺院，或是政府的減少農田政策的事爭執，有時候會突然徵詢我的意見。當我無法立刻回答時，婆婆就會抱怨連連，所以我每吃一口，來不及細嚼慢嚥，就急忙吞下肚。

「所以我就說嘛，沒讀過四年正規大學的媳婦，腦袋不靈光，真傷腦筋。」

她竟然否定我的學歷。父母當年建議我讀四年制的大學，但我覺得如果女人只是為了鍍個金，讀短期大學就足夠了，而且，那時候我無法想像離開父母四年要怎麼生活。

但是，婆婆因為這件事看不起我，也不想想律子讀的女子大學根本連名字都沒聽過，況且，田所和律子被問到時，也沒有做出任何適當的回答。他們無視爭執不休的父母，繼續低頭吃飯。

「哲史，你怎麼看這個問題？」

「律子，妳也說說妳爸爸。」

即使婆婆這麼說，田所就像是戴了耳塞般毫無反應，律子面帶笑容，繼續吃菜。看到兒女這樣的反應，公公和婆婆就不再追問，結果就問到我頭上了。

「下次你回答一下你爸媽的問題吧？」

回到偏屋的房間後，我這麼要求田所，田所說，一回答就會沒完沒了。

「但如果你不回答，他們就會來問我。」

聽到我的回答，田所一臉不耐煩地說：「妳也別理他們啊。」

我無法想像有人居然無視父母，況且，如果我無視公婆，不知道他們又會說什麼。只要設身處地站在對方的立場，就可以瞭解對方想要什麼，我很自豪自己具備了這種才華。

事實上，田所的父母問我向寺院捐贈的金額，以及對減少農田政策時，我的回答都很恰如其分。雖然我心裡比較贊同公公的意見，但我知道一旦惹婆婆生氣，婆媳關係就會出現裂痕，所以只要不會造成太大的問題，我都會支持婆婆。

這麼一來，公公當然不太高興，但我搞不懂為什麼得到支持的婆婆也不高興。

「唉，問妳也沒用啦，」她一臉不屑地說，然後又說：「這麼難吃的東西，根本沒辦法下嚥。」就起身離開了。

我想，這是因為我還沒有充分瞭解婆婆這個人，婆婆也沒有正視我的關係。一旦她瞭解我這個人的本質，一定願意接納我。反正現在公婆身體都很健康，彼此感情不需要太熱絡也可以過日子，所以可以刻意保持距離。人生不是三年、五年、十年這麼短，未來還有幾十年的路要走，只要慢慢建立基礎，逐漸鞏固就好。

然而，女兒無法理解我的這種想法。

公婆發生爭執時，田所和律子經常不發一語，女兒還是小學生，卻經常插嘴大人的事。

「討論要捐多少錢給寺院，不就是希望在本殿入口旁的石頭上，第一個刻上自己的名字，才會考慮到底要捐多少錢嗎？莫名其妙，政府已經要求減少農田了，爸爸的公司也愈來愈不景氣，根本沒有多餘的錢用在那種地方啊。」

她一本正經地說。她並沒有說錯，相反地，我也有同感。

當時，田所任職的鐵工廠受到韓國第二次產業急速成長的影響，訂單漸漸減少。他不再上夜班，假日也不需要去加班，幾乎有一半時間可以準時下班回家，當然，收入也相對減少了。

但是，當小孩子說這些話，即使說得再正確，自尊心強的人也不可能坦然接受。

「小孩子少管閒事。」

婆婆怒斥她，但女兒並不會因此退縮。

「那你們就不要在小孩子面前說這種事。」

女兒一臉若無其事的表情回答。女兒這種激烈的性情應該來自婆婆的遺傳，她對她的奶奶缺乏尊敬，婆婆也不疼愛孫女，兩個人像外人一樣互不相讓。女兒一旦開了砲，就無法克制自己的情緒。

「況且，有幾百萬捐給寺院，那就付薪水給媽媽。媽媽每天從早到晚都在工作，還要做家事，卻沒有錢。小律什麼事都不做，每個月都可以拿零用錢。」

這也是事實。田所家以前雇人幫忙務農，自從我們搬回來後，就完全由我們自家人在田裡工作。

「時下都是靠爺爺、奶奶、媽媽支撐的家庭農業，家家戶戶都是這樣，自家的農田當然要自己守護。我們家以前是地主，不率先這麼做太丟臉了，妳也要有這種自覺性，別一直以為自己是大小姐，我們可沒辦法配合。」

如果承認目前的收入已經沒有能力雇用外人，要求我和他們一起務農，我工作時心情也會很愉快，但自尊心強的人只會用這種方式說話。

律子剛回家時，曾經靠父母的關係，在蔬菜集貨場工作了一段時間，後來嫌一個同事經常冷言冷語，不到一個月就辭職了，整天在家裡做手工藝。

「我也希望她早點辭職，她每次去上班，手就變得很粗糙。當初是農協的課長再三拜託，我才答應讓她去試試，但這根本不是出嫁前的女孩子做的工作。」

那並不是什麼值得婆婆氣得爆青筋的累人工作，只是把蔬菜裝進網袋，再裝進紙箱的簡單工作。我的手比律子的手粗糙好幾倍，但婆婆根本不在乎。

這不奇怪，因為婆婆的手更粗糙、關節更突出。媳婦和自己一樣辛苦工作是理所當然，但女兒不可以吃苦，這就是父母心。如果母親還活著，看到我的手，一定會傷心。

然而，母親變成了櫻花樹。晚上睡覺前，我看著自己的手，不由得感到難過，但想到枝垂櫻的樹枝，就可以感受到母親隨時都溫柔地握著我的手。

妳真的很努力。我聽到母親這麼說。

我很羨慕有母親保護的律子，但婆婆並不笨，我相信她早晚會發現我比整天無所事事的律子為這個家付出更多，也會給予我相同的，不，會給予我更多的愛。

母親就是為了保護兒女而存在。

但是，女兒非但沒有躲在我這個母親的身後，反而自己衝上火線，往火裡澆油，完全不知道自己沒有任何能力。

「如果妳有意見，就搬出去啊。」

婆婆用這句話堵女兒的嘴。當女兒閉嘴時，婆婆開始把矛頭指向我。

「別忘了，當初是你們硬要搬來這裡。我還為你們建了偏屋，現在竟要我付錢？臉皮厚也該有限度，妳該不會以為是妳在照顧我們吧？即使沒有你們，不管是我還是爸爸都不會有任何問題。律子已經回家了，你們隨時可以搬出去，不，你們搬出去更好。」

我至今為止的努力，因為女兒成長而化為了泡影，而且，女兒還闖了更大的禍。

律子一整天都躲在自己房間做娃娃，但在她辭職半年後左右，開始經常出門。她還年輕，我猜想她應該是和附近的朋友一起出去玩。有一天，我為了幫女兒買合唱發表會上要穿的衣服，出遠門去鄰町的百貨公司，結果看到律子和一個男人在一起。

律子已經二十二歲，即使有交往的對象也很正常，但我覺得他們兩個人很不相襯。

律子曾經在大阪住了四年，衣著打扮卻很俗氣。她身材微胖，鼻子很塌，一張大餅臉，所以可能意識到自己不適合時尚的衣著。不過因為她從小學茶道、插花和彈琴，有時候感覺頗有氣質。

但是，和她在一起的男人屬於完全相反的類型。那個男人身材高瘦，瘦臉尖下巴，風流倜儻，穿了一件花稍的襯衫和刷破牛仔褲。不光是外表，他嘴角浮現的輕浮表情，以及微駝著背，雙手插在口袋裡走路的樣子，都和律子完全不配。

而且，當時我看到律子正在買手錶送給那個男人。

他們的關係絕對不正常。我躲在遠處偷看，內心愈來愈不安，但她不是我的親妹妹，我沒有勇氣直接走到他們面前，問他們是什麼關係。我在被律子發現之前就偷偷逃走了。

因為這件事，我忘了買女兒的襪子。好不容易咬牙為女兒買了一件領子上有大荷葉邊的襯衫，卻只能配一雙很普通的襪子。在聽合唱表演時，我一直都在想，萬一班導師和其他家長覺得我是一個丟三落四，連襪子都搞不定的母親怎麼辦？

雖然我原本很在意那天看到律子付錢的事，但靜下心來思考後，覺得可能她是買生日禮物送給對方，當時自己太大驚小怪了。

之後，每個星期或是每隔一週，都會看到律子和那個男人在一起。不再是遠遠地看到，而是在深夜的住家附近。那個男人把一輛像箱子一樣的大阪車牌黑色改造車停在田埂上，律子坐在副駕駛座上。

我第一次是在婦女會開會的回家路上看到他們，之後，每次看到律子在晚上溜出家門，我就去偷偷察看情況。我絕對不是基於好奇心，而是有一種不祥的預感，只是並沒有告訴田所和公婆。

三個月後，證明我的預感並沒有錯。

某個下雨的午後，律子來偏屋找我。我難得享受一個人的時光，正在繡坐墊套。我請律子進屋，為她泡了咖啡。我以為她有戀愛的煩惱找我商量，在不安的同時，也忍不住有點雀躍。我把田所喝威士忌時吃的巧克力裝進心形的盤子，放在桌子的正中央。

律子的確是找我討論戀愛問題，但並不是可以邊吃巧克力邊聊的輕鬆內容。

「大嫂，可不可以借錢給我？」

她一開口就這麼問。律子比我更有錢，田所的微薄月薪扣除一家六口的生活費後所剩無幾，就連坐墊套都只能買最便宜的白色布料，自己動手縫製後，再用刺繡增色。如果她是想買新衣服或皮包，但是還缺一點錢，我或許可以借她。於是，我就問她需要多少錢。

「一百萬，妳有辦法嗎？妳賣掉房子不是有一筆錢嗎？」

我懷疑自己聽錯了。公婆的確曾經在母親去世後提議，賣掉母親以前住的房子，但我無法輕易賣掉充滿和父母之間回憶的房子，剛好之前一起參加繪畫教室的仁美說她想要租屋。

仁美的哥哥結婚後住在家裡，她為了不想讓大嫂不自在，所以想搬出來住。我很羨慕她在町公所上班，可以過自由的生活，但對於三十五歲還單身的她更充滿同情。

對於這件事，田所只是興趣缺缺地說：「那是妳的房子，妳想怎麼處理都沒問題。」

雖然把房子裡的家具出清了，但仁美向我保證，會好好維持母親打造的院子，於是我就點頭答應了。律子並不知道這些情況。

仁美每個月都付我兩萬圓房租，我都花在為女兒買衣服，以及日常生活用品上，幾乎沒剩下什麼錢。即使我賣掉房子，手上有一整筆錢，也不可能輕易借給她這麼大的金額。

「妳要這麼多錢幹什麼？」我問律子。

律子告訴我，她目前交了男朋友，打算結婚，但他父親欠了債務。他說，在為父親還清債務之前無法結婚。

對方名叫黑岩克利。律子在大阪讀書時，經常去一家電影院，黑岩在那家電影院上班，久而久之，兩個人變成了朋友。但在律子返鄉後，黑岩突然發現律子對自己有特別的意義，所以每到週末，就來這裡找她。

律子不停地說著戀啊、愛啊，說想要回應黑岩的心意，但我覺得律子被人利用，對方只是想騙她的錢。

「因為金額太大了，我要和哲史商量一下。」

聽到我的回答，律子一臉不悅地說：「絕對不可以告訴哥哥，算了。」然後轉身離開了。

那天晚上，律子吃完晚餐後又溜了出去。她以為自己神不知，鬼不覺，但我立刻發現了，而且婆婆之前就察覺律子不太對勁。我正在廚房洗碗的時候，婆婆走了進來，問我知不知道律子去哪裡。她似乎也察覺律子白天曾經到偏屋去找我。

我把和律子之間的對話都告訴了婆婆，因為我認為只有母親才能解決女兒的煩惱。我想，律子應該是很想和婆婆商量，但因為婆婆個性太偏激，所以她不知道怎麼開口，才會來找我，希望可以間接傳入婆婆耳朵。

婆婆皺著眉頭聽我說話，在聽到一百萬這個金額時，好像吞了一顆雞蛋似的張大嘴巴，想要說什麼，但最後只嘆了一口氣。

「她應該就在前面的田埂上，要去看看嗎？」

聽到我這麼問，婆婆仍然張著嘴，點了點頭，我們兩個人一起走了出去。

黑岩的車子果然停在那裡。律子坐在副駕駛座上，但完全沒有之前那種讓人看了害臊的親密氣氛。黑岩一臉嚴肅地把頭轉到一旁，律子低著頭，哭喪著臉。

婆婆跑向車子，拍著副駕駛座的車窗，律子一看到就神情緊張，但聽到婆婆說：「錢的事，應該找我這個做母親的商量吧？」眼睛立刻亮了起來。最後決定去家裡好好談，黑岩也笑嘻嘻地下了車。

婆婆真的打算給他一百萬嗎？我驚訝地跟在他們三個人身後回了家，但婆婆並沒有溺愛兒女到這種程度。

婆婆把黑岩帶到主屋的客廳後，叫我把田所叫來，公公也在。我為所有人倒了茶送進去，婆婆叫我迴避一下，我只好走回偏屋。他們打算只有自家人討論這件事嗎？

女兒似乎察覺到主屋的氣氛不對勁，問我發生了什麼事，但這種事不方便告訴小孩子，所以我只說有客人上門。為了讓她分心，我和她討論一個月後慶生會的事。

「能不能趁奶奶不在的日子舉行？」

女兒嘟著嘴說。

前年慶生會時，女兒邀請了三位同學，其中一人的家庭背景有點複雜。慶生會結束後，婆婆嚴厲斥責女兒，田所家的孩子不能和那種家庭的孩子交朋友。女兒當然不可能乖乖聽話，但聽到婆婆說，下次再敢帶她回來，就把她趕出去，所以女兒就沒有再帶那個同學來過家裡。

「妳也要好好管教一下。」婆婆也對我這麼說，但這件事不能聽婆婆的。遇到可憐的人，必須率先善待。

從女兒懂事的時候開始，我就這麼教導她，怎麼可以突然否定呢？如果女兒的同學本身有問題，我當然會勸女兒不要和這種同學交往，但問題在於同學的父母。我反而覺得那位同學在複雜的家庭背景中，能夠成為一個乖巧、有禮貌的人很不容易。

在女兒帶回家的同學中，只有那個孩子會在我端上點心時道謝，也會在進屋之前，把自己的鞋子放好。

如果母親還活著，一定會稱讚女兒和這樣的同學交朋友。那位同學的媽媽和年輕男人私奔，爸爸沉迷賭博，債臺高築。母親看到我買了兩條素色手帕，上面繡了和女兒一樣的刺繡後送給那位同學，也一定會稱讚我。

如果母親也出席那場在山丘上的家舉辦的慶生會，看到我對那個把廣播操的獎品鉛筆帶來送給女兒的同學說：「不用帶禮物來，妳一起來慶祝就是最大的禮物。」然後把鉛筆還給她時，一定會瞇起眼睛，露出欣慰的笑容。

而且，母親也會把那塊最大的蛋糕放在那個孩子的盤子上。

自從搬來田所家後，我只注意女兒身上像婆婆的部分，但這是她唯一像我的母親和我的地方，我怎麼可能罵她？

「那我去買兩張電影票，在慶生會那天，請律子帶奶奶去看電影。」

「好主意，媽媽，這個主意太棒了！」

女兒拍手叫好，但一個月後，律子已經不住在家裡了，慶生會也中止了。只能說，女兒是自作自受。

田所告訴我在主屋的談話內容。

那個名叫黑岩的男人雖然口口聲聲說愛律子，但一眼就可以看出他是為了錢。

雖然他說要為父親還債，但問他父親的職業，第一次和第二次的回答不同；當他發現自己說話前後矛盾時，又聲淚俱下地說，自己從小被父母遺棄，借錢的真正目的是因為生病的弟弟。問他弟弟生了什麼病，他又答不上來，擺明了就是騙子。

不要再來找律子。田所家的人讓他寫下保證書後把他趕走了。

保證書這件事是田所提議的。婆婆一臉喜色地說：「在關鍵時刻，還是得依靠哲史。他很聰明，也能言善道。」他有這麼出色嗎？我有點懊惱當時沒有在場親眼看到。

律子似乎對這樣的結果難以接受，整天食不下嚥，躲在房間內以淚洗面。因為擔心她會離家出走，所以田所又提議一天二十四小時，都必須有人在家監視律子。

平常都是婆婆留在家裡，公公在農田裡幹活時嘀咕，如果稻子收成時還這樣就傷腦筋了。我也有同感。

律子雖然一開始自我封閉，但半個月後，又恢復了以往的開朗，重新開始做手工藝，似乎完全忘了黑岩的事，我們也鬆了一口氣。但是……這是律子的計謀。

那個週日是割稻的好天氣，田所也要開著割稻機去田裡收割，家裡只剩下律子和女兒兩個人。婆婆在下田工作前叮嚀女兒要好好監視律子。

女兒似乎向婆婆提出了交換條件，如果她認真監視，就可以在慶生會時邀請她的朋友來家裡。我不由得佩服女兒的精明，以為她為了好好監視律子，甚至願意不上廁所。

沒想到傍晚大家回家後，發現律子不見了。

「小律叫我去商店街的手工藝品店買做娃娃用的棉花，我們勾了手指，她答應我絕對不會出去。但我回來後，就發現她不見了。」女兒說話時快哭出來了。

女兒說得沒錯，律子的房間內放著一隻腳還沒有塞棉花的娃娃。那個娃娃的臉看起來和女兒有幾分神似，女兒說，那是律子答應送她的生日禮物。

「平時整天愛說大話，結果是個廢物。」

婆婆怒斥女兒後，突然渾身癱軟，喊著「律子、律子」，抱著律子繡了玫瑰花的抱枕哭了起來。雖然勉強知道那是玫瑰，但她的粗糙刺繡別說比不上我的母親，和我相比，都差了一大截。每天在做手工藝，結果只是這種程度而已。

那隻娃娃雖然還是未成品，但一眼就看出很粗糙。女兒真的想要這種娃娃，特地跑出去買棉花嗎？真的想要到，甚至願意放棄邀請可憐朋友來慶生會的地步嗎？她從我母親和我身上繼承的善解人意、體諒他人的心，就只是這種程度而已嗎？

比起律子離家出走這件事，我更對女兒感到失望。

婆婆鬱鬱寡歡，整天關在臥室。田所看不下去，就在律子離家出走兩週後，帶著婆婆去大阪。

為了找律子，他們決定去她學生時代公寓附近的電影院找。田所並不認為能夠在都市複雜的街道上找到律子，這一趟的目的九成是為了讓婆婆死心。

他們星期六早上開車離開家裡，在大阪住了一晚，星期天晚上回家時，母子兩人的臉上都充滿疲憊。果然不出所料，他們並沒有把律子帶回來，但是，田所淡淡地說：

「我們見到律子了。」

我太驚訝了，但也同時鬆了一口氣。既然他們見到了律子，卻沒有把她帶回來，代表她目前的狀況並不令人擔心。

「太好了，律子在做什麼？」我面帶笑容地問。

「在賣章魚燒。對我們說，就當她死了。」

聽到田所的話，婆婆捂著臉，哇的一聲哭了起來。黑岩在觀光勝地的知名公園門口設了一個攤位做章魚燒，律子就在一旁叫賣：「兩位要不要買章魚燒？」走去公園旁停車場的田所和婆婆剛好聽到律子的叫賣，實在是很大的諷刺。

「律子，律子，律子太可憐了……」

婆婆不停地說著這句話，躲在臥室內沒完沒了地流淚。
女兒的慶生會當然泡了湯，她自己似乎也知道不可能辦慶生會了。我買了一個新的筆盒送她，其他就和平時沒什麼兩樣。田所和公婆甚至忘了她的生日。
那畢竟是她的十歲生日。雖然她是自作自受，但至少應該在偏屋偷偷為她準備蛋糕。我正是帶著這種反省走去女兒房間，伸手想要撫摸熟睡的她，沒想到——

神父，我做錯了什麼嗎？
而且，並非只有女兒拒絕我。
冬天來臨，我在主屋客廳的取暖器點了火。婆婆伸著手取暖，哭哭啼啼地說，不知道律子會不會冷；當我準備了好吃的火鍋，她吃著雞肉丸，又淚汪汪地說，不知道律子有沒有吃飽。
「不用擔心。」
我充滿慈愛地安慰她……
「什麼？妳不知道眼前的情況是誰造成的嗎？」
婆婆咬牙切齒地說，充滿敵意的雙眼不是看向坐在我身旁的女兒，而是看向我。

那次之後，即使春去秋來，過了一年，又過了一年，這種狀態始終沒有改善。

為什麼是我的錯？

如果母親必須承擔女兒犯下的罪，我願意接受。

她的罪就是我的罪——

所以，母親的死，也是我的罪嗎？

女兒的回憶

無法得到父愛和母愛的孩子，也無法得到他人的愛嗎？

沒有人願意向我伸出援手。我花了幾年的時間才注意到這件事？不，我應該很早就發現了，只是向來認為是理所當然，所以並不會感到痛苦。

我的三餐無虞，每天晚上洗完澡後，就睡在柔軟溫暖的被子裡。媽媽從來不曾拖延學校的營養午餐費，合唱發表會的日子，也讓我穿著領子上有大荷葉褶邊的襯衫；運動會時，雖然我並沒有參加什麼比賽項目，但也有新鞋子穿。

如果這就是母愛，我應該知足。當班上的女生看到我穿的漂亮衣服，和媽媽為我繡的手帕時，都感到羨慕不已，我也覺得自己很幸運。

有人珍惜我。

但是，中谷亨對我說，這不是愛，只是顧及他人的眼光，盡了責任而已。

和亨交往幾個月後，某次考完試，我們一起去看電影，我在電影院內呼呼大睡。雖然電影的內容並不會太無聊，但可能因為前一天熬夜，不小心睡著了。我睡著時，亨想要摸我的頭髮。他說，我的臉有一半被劉海遮住，似乎有點呼吸困難。

他伸出手，指尖輕輕碰觸到我臉頰的瞬間——我舉起手，用力推開他的手。因為動作太大，我自己也醒了。

亨目瞪口呆地看著我。我假裝電影院內光線太暗，沒看到他的表情。手不小心碰到了，兩個人都假裝是這麼一回事，小聲地相互道歉後，看著銀幕。電影結束後，我們牽著手走了出去。

我絕對沒有感到不舒服。我和亨之間是因為他幫我暖腳才開始的，當然不可能討厭他碰我。

但是，我為什麼把他的手撥開？

「應該是無意識，所以自己也被嚇到了吧？」亨這麼對我說，我想應該是這樣。

我不習慣碰觸別人，也不習慣別人碰觸我。

回想起來，自從夢想之家的生活結束後，媽媽就沒有碰過我。

除了她用拳頭打我以外。

我主動碰媽媽的次數應該一隻手就可以數完，但自從她覺得我很煩，對我說了那些讓我心碎的話之後，我就沒有再碰過她。那一次，媽媽說了什麼？

「別碰我，妳的手又熱又溼，真噁心。」

所以，我也一直極力避免碰到別人。

即使在跳土風舞或兩個人一起做運動需要握手時，我也覺得很對不起對方，覺得心神不寧。有些女生即使並不是很要好，但去上廁所或是去其他教室上課時，很喜歡挽著手。我完全無法理解她們為什麼要這麼做。

雖然內心有一絲羨慕的感覺。

有些人能夠主動牽別人的手，能夠主動去碰觸別人，完全不會想到自己會被父母、老師和同學拒絕，即使在無意識的狀態下被別人碰到，也不會把對方的手打回去。

現在回想起來，媽媽絕對沒有討厭我。

她有太多事情要做，也有太多煩心的事，所以始終太緊繃了，一定只是因為這個原因。因為，雖然現在太暗，無法看清楚，但這絕對是媽媽的手。即使已經好幾年沒有碰觸，我仍然可以知道。

這是媽媽溫暖而骨感、嬌小的手——

颱風夜的一場火燒毀了我們家，我們搬去了爸爸的老家。

和山丘上的歐式小洋房不同，爸爸的老家是建在一片農田中央的傳統日式大房子。除了兩層樓的房子以外，還有一個很大的院子，但不像夢想之家那樣，綻滿了許多楚楚可憐的小花，而是種了松樹、梅樹、枝垂櫻和山茶花，還有櫻桃樹和金橘樹，讓人清楚瞭解四季變化的樹木枝葉都很茂盛。

搬家的那一天，一下卡車，就聞到桂花的香氣。明明是宜人的甘美香氣，但我記得當時除了感受到空氣冰冷，還產生了寂寞的感覺。

爸爸和爺爺、奶奶都稱那個房子為「大房子」。

我們的行李搬到大房子的二樓，約五坪半大的房間內，青色的榻榻米還散發出藺草的香味，爺爺和奶奶還為我準備了新的書桌和書包。以前我一直都不喜歡總是皺著眉頭的爺爺和奶奶，但是也不由得產生了一絲期待，也許住在一起，和爺爺、奶奶之間的關係也會慢慢好起來……

一起生活後，我內心累積的不滿愈來愈多。

他們根本在壓搾媽媽。媽媽以前完全沒有幹過農活，他們卻把媽媽帶去農田裡做事，簡直把她當下人使喚。工作了一天之後，還要怪罪她晚餐的菜餚太少，不合他們的口味，要求她去重做。媽媽重做之後，他們只吃一口就不吃了。我無法原諒這種行為。

有人來大房子推銷時，他們會衝動地花數十萬買掛軸和花瓶，或是捐好幾百萬給寺院，卻不願意付一分錢給媽媽，連生活費都完全靠爸爸的薪水。

當他們的朋友來家裡時，對方說：「妳兒子一家搬回來住，真是太好了。」奶奶卻皺著眉頭說：「又不是我們叫他們搬回來的，他們自己日子過不下去，所以想回來分財產。」氣得我火冒三丈。

而且，奶奶明知道媽媽就在後方的廚房，卻故意這麼說。

我最大的不滿，就是爸爸對爺爺、奶奶的這種態度視而不見。之前住在夢想之家時，爸爸就不多話，搬回大房子後，他的嘴巴就更像貝殼般閉了起來，我甚至忘記了爸爸的聲音。

這個家裡沒有人支持媽媽。不，外婆死了之後，這個世界上就沒有人支持媽媽了。

上小學之後，就要學會獨立喔。

每次覺得媽媽受到不合理的對待，耳邊就會響起外婆的話。

我要代替外婆支持媽媽，我要保護媽媽。

於是，我開始頂撞奶奶。爺爺雖然也很囉嗦，整天和奶奶吵架，但很少找媽媽的麻煩，這應該也成為奶奶挑剔媽媽的原因之一。

我們剛搬來大房子時，奶奶雖然經常口出惡言，但不會有太多不合理的要求。自從有一天，爺爺買了一件毛衣送給整天穿姑姑舊衣服的媽媽之後，奶奶就開始對媽媽百般挑剔。

那件毛衣並不是百貨公司的高級品。爺爺很喜歡去附近商店街的服裝店買自己的衣服，剛好看到一件並不怎麼漂亮的女式毛衣上貼了五折標籤，只要兩千圓，就順手買回來了。奶奶的嫉妒太莫名其妙了。

奶奶生氣的原因，通常是連我這個小學生都覺得無足輕重的事，所以要反擊她並不困難。只是當奶奶詞窮時，就會叫我們搬出去，聽到這句話，我只能閉嘴。如果我是具有生活能力的大人，一定會對她說：「不用妳說，我也要搬出去。」然後帶媽媽離開那個家。

我深刻體會到自己的無力。

爸爸、媽媽和我三個人，一起在大房子二樓的房間躺成川字形。

在我深刻體會到自己無力的夜晚，當我睡著後就會聽到媽媽哭著問：「為什麼？

為什麼……？」然後拳頭像雨點般打在我的後背和腰上。我痛得想要大叫，想要哭出來，但想到這都是奶奶的錯，是我無法保護媽媽不受奶奶欺負的錯，就咬著牙繼續裝睡。

有一次，我在黑暗中忍著淚水，居然和應該已經打著鼾、正熟睡的爸爸四目相對。大房子是爸爸從小長大的家，奶奶是爸爸的媽媽，他完全瞭解一切，卻什麼都不做。

爸爸在家裡的時候，大部分時間都在抽菸，自己的菸抽完時，就會去樓梯下方儲藏室裡拿菸，那是奶奶為爺爺買的。雖然那是爸爸的家，但他像小偷一樣，很沒有出息。

眼前的爸爸和以前在夢想之家時的爸爸判若兩人。夢想之家付之一炬，不僅讓我失去了外婆，也同時失去了爸爸。

媽媽只能靠我。我一次又一次在腦海中重複這句話，就好像一次又一次把痠痛貼布貼在後背和腰上疼痛的地方一樣。

幸好，那樣的夜晚並沒有持續太久。

在我讀四年級時，爺爺、奶奶在院子裡建造了偏屋給我們住。

那是一棟日式平房。雖然空間不大，吃飯和洗澡仍然要回大房子，但格局和狹小的空間和之前的夢想之家很像，讓我難得在家裡感到高興，覺得以後可以開心過日子了。

爺爺和奶奶不會來偏屋，媽媽也終於有了可以放鬆的空間。雖然工作量並沒有減少，但她就像以前在夢想之家時一樣，開始為我的手帕和營養午餐袋上刺繡。

我也有了自己兩坪大的房間，睡覺時不會再聽到媽媽的哭泣，也不再挨她的拳頭。

原來是因為爸爸的第二個妹妹律子姑姑大學畢業後搬回家裡，所以才會建造偏屋。

「我們要住在一起了，妳以後就叫我小律。」

以前，媽媽要我叫律子姑姑「律子姊姊」，但在律子姑姑這麼要求後，我徵求了媽媽同意，在律子姑姑搬回家後，就叫她「小律」，也經常受小律的邀請，去二樓她的房間玩。

小律剛搬回來時，曾經出去工作了一段時間，但很快就整天在家不出門。她喜歡做手工藝，經常用不織布做娃娃，也送給我好幾個。媽媽看到我很高興地拿了這些娃娃，就對我說：「不要隨便拿別人的東西。」然後全都拿去還給小律。

媽媽討厭我接受別人的禮物。

但是，小律是我的姑姑，我們住在同一棟房子，所以是家人，我覺得和外婆送我繡了小鳥的樂譜包沒什麼兩樣，顯然媽媽並不是這麼認為。雖然我們以前也曾經在那棟大房子生活過，但媽媽曾經很生氣地叫我除了廚房、吃飯的客廳和浴室以外，不要去其他房間，也說去二樓就像擅自闖進別人的家裡。

我其實並不喜歡大房子，所以遵守媽媽的要求並不困難，甚至很希望吃飯的時候也不要去那裡。

爺爺和奶奶都是大嗓門，吃飯的時候經常發牢騷，兩個人的意見從來沒有一致過，每次都會逼問媽媽，到底支持哪一方的意見。

爸爸總是在一旁露出事不關己的表情繼續吃飯，即使搬去偏屋之後，仍然只有我向媽媽伸出援手，新加入的小律每次都笑嘻嘻地吃菜。

即使再怎麼和奶奶頂嘴，在洗完澡、回去偏屋前，我都會跪在榻榻米上，雙手伏地，鞠躬向他們道晚安，因為媽媽叫我對他們要像對待外婆一樣。但是，他們不會像外婆一樣溫柔地對我說：「晚安。」爺爺反而是一臉不耐煩地說：「聽不到電視的聲音了。」

回到偏屋，和爸爸兩個人默默地看著電視，媽媽在主屋收拾完後回來了。媽媽洗澡很快，但會花三倍的時間坐在梳妝臺前搽化妝水、敷面膜、保養皮膚。我每天晚上都會坐在媽媽身後，看著她在鏡子中的臉，向她報告一天在學校發生的事。

媽媽，今天——

在夢想之家的時候，當我對著鏡子中的媽媽說話，媽媽經常會突然轉過身對我說，我幫妳搽護手霜，然後把粉紅色的乳霜搽在我手上，一邊聽我說話。我聞著人工香精的桃子香味，忘我地把一天發生的事告訴媽媽。

媽媽在偏屋時保養完臉上肌膚後，也會拿出桃子香味的護手霜，但從來沒有轉頭問我要不要搽，我也從來沒有伸出手要求媽媽幫我搽。雖然當時年紀還小，但我覺得媽媽不希望我一臉若無其事地接受別人的禮物，當然不希望我向別人索取東西，即使對象是媽媽也一樣。

不，我也許只是害怕遭到拒絕。

學校的生活每天都很單調，並沒有太多值得一提的事，偶爾發生有趣的事，就會樂不可支地告訴媽媽。媽媽起初會對著鏡子露出溫柔的微笑，附和說：「喔，是嗎？」能夠看到媽媽的笑容，我太開心了，忍不住又說了一些無關緊要的事，媽媽卻突然拉下臉說：「說夠了嗎？妳去那裡。」把我趕到鏡子照不到的地方。

這種時候，我總是很沮喪地覺得自己又做錯了。但是，當我在說真子的事時，無論說得再久，媽媽也不會趕我走。

而且，還會稱讚我。

真子是和我住在同一個學區的同學，三年級時我們被分在同一個班級，變成了好朋友。真子功課不好，也不擅長運動，呆頭呆腦的，班上的同學經常欺負她。雖然「笨蛋」或「呆子」都是罵人的話，但我聽到別人這麼說真子，也不會罵他們。然而不知道為什麼，我無法原諒別人用「私奔」嘲笑她。大家都知道真子的媽媽和年輕的水電工私奔，如果有人這麼罵真子，就代表那個人的行為很低劣。

「你媽有多了不起，讓你可以這樣罵別人的媽媽？」

低年級的學生居然會用這種話罵同學，不管是男生還是女生，聽到我這麼說，幾乎都會閉嘴，沒有一個人敢反駁我說，他們的媽媽在這方面的確很了不起。照理講，我應該見好就收，但我都會再給對方致命一擊。

「大家聽好了，現在〇〇同學要炫耀他媽媽，要告訴大家他媽媽有多了不起。」

於是，其他同學就會看著那位同學，被逼入絕境的同學不是當場哭出來，就是用袖子擦著眼淚罵我一聲「笨蛋」後跑走。但是，我一點都不生氣，因為我知道自己才不是笨蛋。

「真子，如果有人罵妳，隨時都來告訴我。」

真子聽了，用力吸了吸鼻涕後笑了起來。當我把這些事告訴媽媽時，媽媽總是轉過頭，露出溫柔的笑容說：

「妳真了不起，不愧是媽媽的女兒。如果外婆還活著，一定會很高興。以後遇到像真子那樣可憐的人，也要幫助他們喔。」

雖然媽媽不再為我搽護手霜，但並沒有不喜歡我。只要我聽媽媽的話，她就會稱讚我。

九歲的慶生會時，我邀請了真子來參加，向討厭真子的奶奶全面宣戰，還打算在十歲的慶生會時再邀她來。

住在一起後，我發現小律很像真子。以前每年只有中元節和過年見到小律時，還以為她很活潑，但她搬回家裡後，一天比一天胖，眼神也很黯淡，漸漸地覺得她很可憐。

尤其是爺爺、奶奶吃飯發生爭執時，她笑嘻嘻地看著他們的樣子和真子的笑容一模一樣。

為什麼她什麼事都不用做，爺爺、奶奶還給她零用錢？如果不去田裡幹活，至少應該幫忙準備晚餐，就連我也要幫忙收衣服、放洗澡水。

雖然我對小律很不滿，但不會像對奶奶一樣當面頂撞她，因為她不會找媽媽的麻煩，而且我內心漸漸把她分類為必須善待的人。

因為小律一整天都在家裡做她喜歡的事，所以不會像真子那樣，陷入需要我拔刀相助的狀況。

有一天，大家為了小律的事召開了家庭會議。深夜的時候，奶奶帶著小律和一個陌生的男人走去大房子。那個男人很瘦，駝著背，走起路來一顛一顛的，媽媽也跟在他們後面走進了大房子。雖然我很好奇到底發生了什麼事，但我不可以去主屋。

即使媽媽回來後，我問她發生了什麼事，媽媽也不說小律的事，反而提起了慶生會的事。爸爸不在，偏屋只有我和媽媽兩個人，我很高興。為了能夠多和媽媽聊一分鐘、一秒鐘，我提到了真子的名字，當媽媽說出對付奶奶的方法時，我內心的興奮感覺至今仍然無法忘記。

趕快去睡覺。在媽媽的催促下，我回到自己的房間，不一會兒，就聽到爸爸回來的聲音。

「真是個爛人。」

爸爸這麼說，把電視轉到正在播西洋片的頻道，把主屋發生的事告訴媽媽。激烈槍戰的聲音太吵了，我只聽到片段的內容。

那個男人喜歡小律，從大阪來這裡找她。把他趕走，叫他不要再來。沒有父母，弟弟生病……

爸爸的聲音中充滿了對那個男人的輕蔑。爸爸在關鍵時刻悶不吭聲，這種時候倒是侃侃而談，說話的語氣和奶奶一模一樣，和在學校欺負真子的同學一樣，充滿低劣的語氣。我竟然是這種人的女兒，想到這裡，就覺得自己很窩囊。

而且，男朋友被家人這樣趕走，小律太可憐了。

不知道媽媽聽了有什麼感想？我豎起耳朵。爸爸說完之後，終於聽到媽媽略帶遲疑的聲音。

「但是，律子真可憐。」

小律果然很可憐。原來我和媽媽的想法一樣，這件事讓我高興不已。

所以，我才決定幫小律的忙。

小律可能察覺到我和她是一國的，很快就提出請我協助她逃亡。

「妳等一下調一杯可爾必思送到我房間來。」

雖然媽媽禁止我去小律的房間，但如果小律在奶奶面前拜託我做事，就無法拒絕。

因為有一次她叫我幫她泡一碗泡麵，拿去她房間，我反駁說，為什麼不自己泡？奶奶當著媽媽的面罵我，不可以用這種態度和長輩說話，而且，如果不是小律說要喝，即使在中元節的時候，我也喝不到可爾必思。所以，我樂不可支地調了兩杯可爾必思，端去小律的房間。

小律在我這個小學生面前滔滔不絕地說，自己多麼愛那個叫黑岩的男人，很想當面向他為這次的誤會道歉，然後她低頭拜託，希望我可以協助她溜出去。

「我原本想拜託大嫂，因為大嫂很支持我，但如果被我媽知道她幫我逃走，一定饒不了她，搞不好會把大嫂趕出去。」

我不難想像奶奶痛罵媽媽的樣子。現在回想起來，小律並不是傻乎乎的可憐人，但當時想像媽媽被趕出去的情景，就讓我腦筋一片混亂，以至於無法注意到這件事。

「但妳畢竟是孫女，而且又是小孩子，我媽不至於把妳趕出去。所以，拜託妳！」

「奶奶不可能派我來監視妳。」

「妳可以設法讓她相信妳，可以提出交換條件，保證絕對不會背叛她。」

「好，但是妳要趕快回來喔。」

「我三天後就回來。」

小律決定在收割稻子的那天行動。奶奶對於讓我監視小律面露難色，但我提出如果我完成了，就要請真子來參加慶生會這個交換條件。奶奶終於答應了，但威脅我說，死也要看住她。

爺爺、奶奶和爸爸、媽媽出門後，我去了小律的房間。小律已經換好衣服，也把行李裝進了小行李箱。桌子上放了一個未完成的娃娃，和我相同髮型的娃娃做得很醜。

「聽我說，這個娃娃是妳的生日禮物，但是棉花用完了，不能做這條腿。妳去商店街的手工藝店幫我買，我會乘機溜出去。如果奶奶罵妳，妳就反駁說，如果不幫小律做事，她不是會罵妳嗎？這麼一來，奶奶就不至於遷怒到妳媽媽頭上。」

小律說完，給了我三百圓。原來她真的打算行動。想到這裡，忍不住渾身冒汗，但我把錢和汗水一起緊緊握在手中，沒有向小律道別，就走出了大房子。我以為她很快就會回來，所以並沒有準備道別的話。

但是，過了三天、過了一個星期，小律還是沒有回來。

雖然奶奶罵我「廢物」，但並沒有多責怪我，她整天在自己的房間裡嘆氣、哭泣。兩個星期後，她和爸爸一起去大阪找小律，但小律沒有回來。

聽說她在大阪賣章魚燒。

奶奶哭著說小律真可憐，但我覺得能夠和自己喜歡的人在一起，不是很快樂嗎？

我想像著和媽媽兩個人做章魚燒、賣章魚燒的樣子，在寒風吹拂的天空下，我說：

「好冷啊。」媽媽用牙籤插了一個剛做好的章魚燒給我，我怕燙地吃了起來。心好暖，身體也暖和起來。

那是多麼、多麼幸福的想像。

小律也一定很幸福，而且，奶奶也沒有責備媽媽。

我保護了媽媽。我的內心湧起了充實感。

雖然因為沒有完成和奶奶的約定，不能舉辦慶生會了，但我原本就做好了心理準備，所以並不感到失望。而且，即使照常舉行，真子也不會來。在我生日的前一天，當我早上去學校時，真子走到我面前說：

「從今天開始，我要和別人做朋友。」

我並不難過，只覺得她很跩，但想到以後沒有話題和媽媽長時間聊天了，心裡很難過，所以去廁所哭了一下。

我不要領子有荷葉邊的襯衫，也不要新鞋子，不必幫我的東西刺繡也沒關係。

我唯一的心願，就是希望媽媽溫柔地撫摸我，希望她摸著我的頭說：「妳很努力了。」我希望得到這樣的愛。

所以，媽媽，不要把手放開——

◇

心啊，你在對誰嘆息？只會愈來愈遭輕視。
你要走的路，就是鑽過匪夷所思的人群，
掙扎著向前走。然而，這也將是空虛一場，
因為，你的道路決定了方向，
決定了通往未來的方向，
通往失去的未來。

以前你是否也曾嘆息？那又是什麼？那是
從歡呼之樹上掉落的一顆果實，尚未成熟的果實。
然而，歡呼之樹在此刻折斷，

我那棵茁壯成長的歡呼之樹，在暴風雨中，
此刻折斷了。
在我肉眼不可視的風景中，
最美麗的一棵樹，我肉眼不可視的
天使們，帶給我的那棵樹折斷了。

第四章

啊，滿是淚水的人啊

關於母性

吃完醬汁和醬油口味的兩種章魚燒，肚子稍微有點飽，小律來問我們要點什麼菜。剛才有一個打工的男生來幫忙，小律讓他負責做章魚燒。我之前沒見過那個男生，他看起來不太親切，正默默地在鐵板前翻章魚燒。

「妳隨便幫我們張羅幾道。」我對小律說，然後為國文老師加點了啤酒。

「伯母是怎樣的人？」

「我媽？不是要談事件的事嗎？」

「沒錯啊，但只是想問問。」

這件事並非和事件毫無關係。

「就是以前鄉下地方常見的強悍母親，我不知道挨了她多少拳頭。」

國文老師舉起一隻手摸著頭頂說道。雖然他皺著眉頭，但臉上露出懷念和慈愛的表情。

「很痛嗎？」

「當然啊。如果只是調皮搗蛋，就用普通的拳頭；如果給別人添麻煩，就會把中指的第二關節突出來打。痛死人了，痛得我眼冒金星。」

「聽起來就很痛。」

「妳媽沒打過妳嗎？現在的小孩都不被打嗎？」

「也不是啦……」

只是我對拳頭的形狀沒有研究。

「兩位久等了。」

小律端上豬五花肉炒豆芽菜。這是小律的拿手菜之一，但我今天帶了新客人上門，應該弄幾道像樣的菜啊。

「喔，這是我家最常見的菜。」

國文老師開心地掰開免洗筷。

「這種菜是你家最常見的菜？你之前不是說，你太太很會做菜嗎？」

「對不起啊，本店提供這種菜。」

小律站在吧檯內說。

「對啊，妳太沒禮貌了，裡面不是放了很多肉嗎？我家的肉只有一半的大小，而且只是放幾塊意思意思而已。但我媽都會叫我多吃點肉，把自己盤子裡的肉夾到我的盤子裡。」

「喔，原來你是說小時候。」

「不是妳先開始這個話題的嗎？」
「也是。所以，伯母叫你多吃肉。老師，你是獨生子嗎？」
「不，有一個姊姊，一個妹妹。」
「她們有沒有說你媽偏心？」
「妹妹偶爾會抱怨，但我媽經常為我說話，說男孩子要多吃點才會強壯。」
姑且不論他到底強不強壯，但我相信他從小到大，應該真的吃了不少。
「但是，我媽幫姊姊和妹妹買了很多衣服。我媽也是女人，卻幾乎不幫自己買，都買小孩子的，這就是父母心吧。如果我女兒還要再多學一項才藝，我每個月的零用錢就要減五千圓了。唉，她說要學鋼琴，有什麼辦法。」
國文老師重重地嘆了一口氣，吃著炒豆芽，但並沒有感受到悲壯感。這個人也是一位父親，果然還是向他打聽那起事件吧。
「那個墜樓的學生有兄弟姊妹嗎？」
「不清楚，這倒要問問看……對了，妳還沒回答我的問題。」
「什麼問題？」
「妳為什麼會對那起事件有興趣？」
「喔，因為……」

我把剩下的炒豆芽全都放進了小碟子。國文老師吃掉了八成，我才吃了兩口就沒了。留一點給別人吃嘛，我又不是你媽，我在心裡嘀咕道。不過，他要被扣零用錢了，還願意做好請客的準備陪我來吃飯，就不跟他計較了，繼續往下說吧。

「因為我對她母親的證詞有點疑慮。」

正確地說，是對其中的一句話——

母親的手記

當熟睡的女兒把我的手撥開，讓我差一點喪失身為母親的自信時，曾經閃過一個念頭：如果我還有其他孩子，不知道會怎麼樣？被其中一個孩子拒絕，也會這麼難過嗎？

住在山丘上的房子時，田所就希望再生一個孩子。他說，女兒沒有兄弟姊妹會很孤單，聽起來好像是為女兒著想，但我從他的話中感受到，他希望再生一個兒子。

「女兒早晚會嫁人，但是，如果沒有兄弟，即使結交了自己喜歡的男生，如果條件不符合，搞不好只能含淚分手。即使父母或是家裡發生了什麼事，如果有個兄弟姊妹，就不會害怕。兒女比父母活得更久，是人生相互扶持的益友。」

我不認為田所在說這些話時，想到的是他的妹妹憲子和律子。田所的話沒有錯，但以我本身的經驗，並不認為沒有兄弟姊妹是多麼負面的事。如果我有兄弟姊妹，不管是兄弟，還是姊妹，都會分散父母的愛。如果另有一個兄弟姊妹，我只能得到父母一半的愛，恐怕很難從兄弟姊妹身上得到另一半的愛。

因此，非但不會相互扶持，恐怕還會相互爭寵。正因為我沒有兄弟姊妹，所以我可以集父母的寵愛於一身，田所根本不瞭解獨占父母愛情的幸福感覺。

這麼一想，就覺得女兒已經足夠幸福了。

雖然我早就決定不對母親隱瞞任何事，卻沒有提田所想要再生一個兒子這件事。如果母親為了體諒田所，覺得多幾個孩子可能比較幸福，或是父親都會想要兒子，就等於否定了母親自己的人生。

絕對不能讓母親後悔做了對不起我的事。

即使母親過世，住進田所家之後，田所有時候會心血來潮地提起，最好再生一個孩子。我覺得根本是非分的要求，我從早到晚忙著做家事、去農田幹活，一刻都不得閒，每天累得筋疲力竭，哪裡有時間懷孕、再養育一個孩子？

最重要的是，即使另一個新生命誕生，最為我感到高興的母親已經不在了。即使同樣是母親，婆婆才不會因為我懷孕而讓我休息。

律子離家之後，婆婆整天說暈眩、頭痛，不去農田工作，把自己關在臥室。翌年，公公因為肝癌去世，婆婆完全沒有傷心難過，直到葬禮那一天，都在數落公公。但因為少了鬥嘴的對象，所以愈來愈沒有霸氣。

幸好有些農田已經做為建築用地被徵收了，但因為只有我一個人，所以一分一秒都無法休息。

我們並沒有避孕。既然我已經生過一個女兒，當然沒有不孕的問題，但之前曾經在電視上看到，很多人第二胎遲遲無法懷孕，所以我猜想自己也屬於這種體質。就連那麼想要孩子的人，都無法得到授子神的青睞，怎麼可能把孩子送到不想生的人手上？即使田所再怎麼渴望，我相信自己應該也不會懷孕。

但是，愈是覺得不可能發生的事，往往愈容易發生。

神父，如果一開始就「沒有」，為什麼不會有任何感覺？為什麼從「有」變成「沒有」時，會有一種被推入深淵的感覺？

如果我從未感受到母愛，即使母親離開人世後，我是不是也不至於有整個心都被挖空的感覺？如果我有兄弟姊妹，悲傷是否會減半？

如果我完全沒有孩子，就完全不會失去嗎？

在那個颱風天的六年後，我三十七歲那一年的秋天，我發現自己懷了第二胎。清晨起床時，聞到電子鍋冒出來的熱氣，忍不住想要嘔吐的那天，剛好是母親的忌日，搞不好連時間也相同。

去醫院檢查後，晚餐時，向所有人報告了這件事。婆婆皺著眉頭說：

「你們都老大不小了，還在做那種事嗎？如果還想生一個，當初住在山上的房子過清閒日子時就應該生嘛。」

「對啊，不要再讓媽媽辛苦了。」

憲子在一旁幫腔。憲子七年前結婚後離開了田所家，嫁入的森崎家是鄰町的望族。憲子的公公是律師，兩名小叔分別是醫生和銀行員，只有憲子的老公雖然是家中長子，卻開了一家名叫「美好微笑企劃」、不知道在經營什麼的公司。

結婚三年後，憲子生了一個兒子，在森崎家過著快樂的生活，但從半年前開始，她幾乎每天都跑回娘家。

她一大清早就帶著四歲的兒子英紀回家，和婆婆一起看電視，吃完午餐和晚餐才離開。這是憲子的娘家，她什麼時候回來、要怎麼過，都是她的自由。但是，對我來說，光是因為餐費這個問題，就不希望她常常回家。

憲子聲稱是因為律子離開了家，她擔心失去丈夫後鬱鬱寡歡的婆婆才整天回家，但其實另有原因。

是因為英紀的關係。

「森崎家的人自以為是律師、醫生，就很了不起，但妳幫他們生了傳宗接代的孫子，以後不必在他們面前顧慮什麼，那個家應該交給妳掌管才對。」

英紀剛出生時，婆婆曾經這麼對憲子說。事實上，森崎家的公婆的確欣喜若狂，主動負責照顧孫子。憲子把英紀交給她的公婆，整天去看電影、看戲、逛街玩樂。雖然她有很多自由時間，卻從來沒有在農忙期回娘家幫忙。

我每年只有中元節和新年時會見到憲子一家人，看到英紀在房間裡跑來跑去，把架子上的東西掃在地上，只覺得「生兒子真辛苦」，除此以外，並沒有太多的感想。

「小英真活潑，男生就應該這麼有精神。」

婆婆看著英紀雙手抓著小香腸天麩羅大口吃，開心地笑著說。

「英紀不管做任何事都很大膽，他爺爺、奶奶對他充滿期待，說他以後是要做大事的人。」

當時，憲子大口吃著天麩羅，得意洋洋地說。她的胃口絲毫不比英紀遜色。

隨著英紀漸漸成長，他的行為愈來愈粗暴，言語發育能力遲緩，難以表達心情，所以整天發出好像猴子般吱吱的尖叫聲，森崎家的人漸漸用奇特的眼光看他。

「我婆婆說英紀是不是智能發育遲緩，叫我帶他去醫院檢查，還說他們家裡的人都沒有這方面的障礙，問我們家的情況怎麼樣？」

我曾經隔著廚房的門，聽到憲子向婆婆哭訴。

「這些人太沒禮貌了，這孩子只是有點調皮而已。英紀和這種人生活在一起太可憐了，妳帶他回來這裡，我幫妳照顧他。」

婆婆說話時很有精神，難以想像她平時整天鬱鬱寡歡。可能她是那種可以把生氣化為動力的人，只不過她的動力只是掛在嘴上。翌日，憲子帶英紀回家，不到半天的時間，她又說自己暈眩、頭昏，回去關在臥室裡了。

憲子也說她頭痛、血壓升高，把英紀帶來偏屋找我。那天剛好下雨，難得的休息日子泡了湯。

「大嫂，拜託妳，我真的快瘋了。」

她合著雙手低頭拜託，我難以拒絕。既然她拜託我，我很想要幫助她。英紀留下來後，我發現他的行為並沒有特別粗暴，也沒有發出怪叫。

英紀拿了一本繪本，坐在我的腿上，一對眼睛炯炯有神地仰望著我：「舅媽，妳唸這個給我聽。」因為整天忙於農務，我的腰腿都很痠痛，用指尖輕輕按一下，就會痛得忍不住叫出聲音，但他坐在我腿上時所帶來的安心感勝過疼痛的感覺。

在我準備晚餐時，英紀也坐在廚房的椅子上，心情愉快地唱著歌。憲子看了目瞪口呆，居然感動地對我說：

「大嫂，妳太了不起了。我好久沒看到英紀這麼安靜了，小孩子果然最清楚，妳是像天使一樣心地善良的人。」

「妳很擅長說貼心的話，小英雖然不太會表達，但知道妳瞭解他，所以很高興。」

婆婆也這麼說。我從來沒想到田所家的人居然會說這些稱讚的話。

他們並沒有徹底否定我這個人，而是藉由英紀發現了我的本質，認同了我從母親身上繼承的優點。

也許之前是因為女兒的關係，他們才沒有感受到。如果女兒不和婆婆頂嘴，任何時候都露出溫柔的笑容，婆婆可能就會對我另眼相看。

也不會誤以為是我唆使女兒，才會導致律子離家出走。

「如果不嫌棄，我隨時可以幫忙。」

我很後悔當時拍著胸脯這麼向他們保證。

憲子很不客氣地每天把英紀帶給我照顧，雖然不會帶到田裡，但每天我從田裡一回到家裡，英紀就迫不及待地跑來找我，剝奪了我換好衣服到準備晚餐之間短暫的休息時間。

當我能夠及時回應英紀的要求時，他心情都很好，但只要我要求他「稍微等一下」，他就會發脾氣。憲子從來不會幫忙準備晚餐，女兒雖然會幫忙，但英紀看到她，心情就很惡劣，會把裝了菜的盤子翻在地上，所以只能讓女兒回去偏屋。

自從律子那件事後，女兒不再頂撞婆婆，也沒有抱怨憲子和英紀的事，但英紀很敏感，知道不能對女兒放鬆警惕。

我對英紀的照顧甚至超過女兒。

沒想到憲子竟然反對我懷孕。

「妳在說——」

「妳在說什麼啊？我們要生兒子傳宗接代，還是說，妳要讓英紀為這個家傳宗接代嗎？如果覺得田所家到我為止就好，我們不生也無所謂。」

田所打斷了憲子的話說道。這是田所第一次，也是最後一次為我的事反駁父母和他妹妹，可見他真的對我懷孕這件事感到高興。

「哥，你好過分。媽，妳說說他。」

憲子向婆婆求助，婆婆想了一下說：

「英紀是森崎家的孩子，非但無法為田所家傳宗接代，甚至不算是田所家的孩子。現在是重要時期，這樣我也要下田工作了，唉，真辛苦。」

雖然婆婆的語氣很嚴厲，但我開心不已。

早知道應該更強烈希望第二胎早日來報到。

我並不擔心萬一懷女兒怎麼辦。

如果是兒子，田所當然很高興，婆婆也會因為我為田所家生了一個傳宗接代的孫子而更加接納我。但是，即使是女兒，我也有預感，她會為我帶來幸福，這一次一定會生一個和我很親密的女兒，就像母親一樣……

今天和那個可怕的日子同月同日並非偶然，我曾經聽別人說，感情好的親子即使重新投胎，仍然可以成為很親近的關係。所以，我猜想可能是母親重新投胎，成為我的女兒。

我深信肚子裡的孩子是女兒，而且也暗自想好了名字。雖然也可以借用母親名字中的一個字，但我覺得「櫻」這個字很適合。母親的靈魂寄託在那棵櫻花樹上，阻止我了斷自己的生命。雖然這個孩子會在夏天出生，取「櫻」這個名字恐怕會遭到反對，但櫻花不光是春天的花，而是吸引他人，為人帶來幸福，受到所有人喜愛的花。

我把手放在肚子上，呼喚「小櫻」這個名字時，內心因為失去母親而產生的空洞漸漸溫暖起來。小櫻彌補了那個空洞。

雖然還是懷孕初期，尚未進入安定期，但無法像之前住在山丘上的房子時那樣，整天躺在床上。幸好因為稻子已經割完了八成，婆婆也下田工作，所以總算撐過去了。

這段期間，憲子很少回田所家，但在稻子都收割完成，婆婆開始在家中休息後，她又帶著英紀頻繁出入。她經常把英紀交給我，和婆婆兩個人一起出門逛街。婆婆總是眉開眼笑地把憲子買給她的皮包和衣服出示給我看，但她可能沒有想到，那些都是用憲子的丈夫賺的錢買的。

憲子為了今後如何教育英紀的問題，和森崎家的人，尤其是公婆之間產生了很大的分歧。每天吃晚餐時，憲子總是喋喋不休地說著森崎家的壞話，好像打算在娘家好好發洩，婆婆也在一旁搖旗吶喊。

她們完全不在意英紀就在旁邊。

「森崎家的人為什麼把英紀的躁動怪到我們家的頭上？他們居然說，聽說妳哥哥讀了一所好大學，現在卻在做這種工作，是因為在第一家公司發生了問題，具體是怎麼一回事？」

平時她們在抱怨時，我向來都是左耳進，右耳出，但這時我伸長了耳朵。我在結婚前就很在意田所的工作，婚後曾經拐彎抹角地向他打聽，他只回答說，曾經為了正義而戰，因此獲得了自由。我猜想可能和之前參加學生運動有關，所以也就沒有追問。

「他們這家人真是太沒禮貌了，也不想想有多少人感謝哲史。佐佐木家的女兒之前還說，她睡覺時，從來不敢把腳對著我們家。要不要我去森崎家對他們說清楚？」

婆婆似乎知道詳情。

「還是打消這個念頭吧，他們不光說哥哥的事，還有律子的事，妳聽了一定會氣得爆血管。」

「律子？他們說律子什麼？」

「他們說，正常人難以想像一個年輕女生會跟一個混黑道的男人私奔，是不是腦筋不好……」

憲子的話還沒說完，婆婆的雙手用力拍著桌子，把茶杯打翻了，英紀跟著發出尖叫，把盤子掃在地上。

「妳看，他這種像猴子叫的聲音，跟他奶奶一模一樣。」

「對啊，完全一樣。」

我很納悶，她們為什麼沒有發現其實是她們的翻版？但如果我實話實說，等於是火上澆油。

英紀一旦發脾氣，我也無法安撫他，只能暫時讓他發作。以前，女兒曾經抓住英紀的雙手，英紀哭著拚命掙扎，憲子破口大罵：「不要對我兒子動粗。」

田所吃完飯後，立刻起身回去偏屋，女兒也迅速把菜還沒有吃完的碗盤收進廚房，示意他們趕快滾回家。於是，我帶著英紀出門散步，讓他的心情平靜下來。

雖然為了小櫻，我很想趕快回家休息，但緊緊握著英紀的手時，我覺得這是我目前應該做的事。雖然他父母健在，卻沒有得到父母的愛，真是可憐的孩子。

「舅媽，妳喜歡我嗎？」

散步時，英紀總是這麼問我。

「喜歡啊。」

「我排在第幾個？」

英紀問完，屏住呼吸看著我的眼睛，等待我的回答。

「當然是第一個啊。」

聽到我的回答，他鬆了一口氣，笑得很開心。英紀當然不可能是我最重要的人，但是，並不需要任何時候都說真心話，比起自己的想法，要更在意別人的心情。我只是在實踐母親教導我的事。

我相信這種行為也可以讓腹中的小櫻變成充滿慈悲心的孩子。

在離安定期還有一個星期左右時，出現了輕微的出血症狀，去醫院檢查後，醫生要求我絕對要靜養。既然這樣，就應該讓我住院，但醫生說，只要回家躺在床上就好，當天就讓我回家了。

我把情況告訴婆婆，她很不耐煩地說：「真是麻煩。」最後還是同意我在出血症狀改善之前躺在床上休息。幸好第二天是星期六，女兒可以代替我做家事。雖然還是有點不放心，但搬來田所家後，總算第一次可以整天躺在床上。

不知道女兒晾衣服有沒有問題？雖然這並不是她第一次下廚，但真的沒問題嗎？會不會惹婆婆生氣？

我躺在床上擔心不已，田所端著午餐來到偏屋。午餐是炒飯和炒豆芽菜，我以前從來沒做過這兩道菜。托盤上有兩人份，他似乎想和我一起吃。炒飯可能先裝在碗裡，在盤子上倒扣出漂亮的半球狀。

「她在哪裡學會這兩道菜？」

「這是我做的。」

田所有點害羞地說，打開放在被褥旁的摺疊式小桌，把盤子放在上面。

「田所食堂又復活了。」

失去母親的痛苦，和在這個家中的忙碌生活，讓我忘記了以前住在山丘上的房子時，田所不時會做午餐這件事。

「女兒呢？」

「和奶奶他們一起……」

女兒似乎出色地扮演了自己的角色。以前在農忙期的週末，也經常由女兒負責做午餐，我不由得期待老二出生後，女兒會幫忙我做更多事。

炒飯顆粒分明，完全不油膩，豆芽菜也炒得很清淡爽口。雖然身體懶洋洋的，但我忍不住一口接著一口。

我要把爸爸和姊姊的愛傳遞給小櫻。

去了醫院之後，出血症狀得到了控制。為了小櫻，大家都齊心協力。這個孩子出生後，家庭一定會更溫暖，我也可以開始過平靜的生活。我對此深信不疑。

不一會兒，女兒拿著裝了熱牛奶的杯子回到偏屋。

「要好好補充營養。」

沒想到她已經學會關心別人。

「謝謝，媽媽真的很高興。妳這個姊姊這麼能幹，寶寶太幸福了。」

女兒聽到我的稱讚，只是一臉嚴肅的表情點著頭。她到底有什麼不滿？我低頭一看，發現她的手可能因為洗碗而變得通紅，指尖的皮翻了起來，乾燥的雙手手背好像有一層白色粉末。

「可不可以幫我把梳妝臺抽屜裡的護手霜拿出來？粉紅色蓋子的。」

她板著臉站了起來，把護手霜的瓶子拿了過來。打開蓋子之後，立刻散發出桃子的香氣。那是母親生前愛用的牌子，我也很喜歡這股香氣。

「把手伸出來。」

「啊？」

女兒驚訝地張大了眼睛，好像幽靈般悄悄把手伸了過來。在伸手之前，我有點遲疑，因為很擔心她像那天晚上一樣，把我的手推開。

我戰戰兢兢地握住女兒的手，她的肩膀抖了一下，但手沒有動，我鬆了一口氣。

我用指尖挖起粉紅色的護手霜，仔細地搽在女兒乾燥的手上。

「對不起，妳每天晚上洗碗，我都沒有發現。妳應該告訴我啊，否則和同學牽手時，別人也會擔心，以後摸小寶寶時，小寶寶也會嚇一跳。對了，我給妳零用錢，妳去買自己專用的護手霜。買軟管式的，也方便帶去學校。」

我為她搽護手霜時說道。女兒默默點了點頭，低著頭，一直看著自己的膝蓋。

哇，好高興。媽媽，謝謝妳！我要買哪一種呢？

換成是我，一定會興奮地對母親這麼說。

我把一千圓放進她恢復了彈性和光澤的手中，女兒只說了一聲：「那我去買。」就走出了房間。雖然她向來不可愛，但之前一直覺得她說話落落大方，什麼時候變得這麼陰沉？我無論任何時候，都努力成為母親期待的女兒，為什麼她無法瞭解我的想法？

雖然我內心稍微感到不滿，但我相信只要小櫻出生，女兒也會有所改變。小櫻一定會像櫻花一樣，讓周圍的人心情也開朗起來。

但是，小櫻的生命在幾個小時後凋零了。

當我獨自在偏屋吃晚餐的炸豬排時，憲子帶著大哭大鬧的英紀來找我。

我一走到玄關，憲子就拉著英紀的手走了過來。

「大嫂，可不可以請妳帶他去散步？只要繞著房子走一圈也好。」

這時，女兒從他們背後衝了出來。

「不行，醫生叫媽媽躺在床上休息，妳為什麼聽不懂呢？」

「妳少在那裡自以為了不起，英紀還不是在妳中午帶他出去之後，才開始吵鬧的。」

憲子對女兒說，英紀乘機脫鞋子進屋。

「不可以！你這個白痴。」

女兒在英紀身後打他的頭，我懷疑自己看錯了。英紀放聲大哭起來，只脫了一隻鞋子就朝我撲了過來，哭得更傷心了。

「喂，妳在幹什麼！」

憲子脹紅了臉怒斥女兒，女兒惡狠狠地回瞪著憲子說：

「閉嘴，妳這個當媽媽的也是白痴。這種時候還來家裡，妳腦筋有問題嗎？吃飽了就睡午覺，然後起床又吃，和豬沒什麼兩樣。今天已經餵過飼料了，趕快帶著這個小白痴滾回去！」

我再度懷疑自己聽錯了。我知道女兒是擔心我的身體，但即使如此，從她嘴裡說出的這些話太髒了，簡直會把心都染得漆黑。

為什麼？她什麼時候變成這樣？她竟然會打幼童，對長輩說出這些髒話。在她說出更惡毒的話之前，我必須採取行動。

「好啊。出血症狀已經改善了，我正想去散散心。小英，和舅媽一起去散步吧。」

說完，我在睡衣外套了一件長大衣，牽著英紀的手走出了家門。

我打算在住家附近散步五分鐘就回家。英紀走了一會兒就不哭了，原來他只要吹吹夜風，心情就舒暢了。女兒的行為讓我不敢正視，也不想聽她說的那些話。星空很美，彷彿為我消除了這一切，我為英紀唱了〈一閃一閃亮晶晶〉。

在我唱完時，英紀突然停下腳步。

「舅媽，妳喜歡我嗎？」

他又問了老問題。

「喜歡啊。」

「我排在第幾個？」

「當然是第一個啊。」

照理說，他聽到這個回答就會滿意，沒想到他皺起眉頭。

「騙人，小寶寶才是第一個，姊姊告訴我的。」

向大家宣布懷孕這件事時，英紀也在場，但我並沒有向他解釋懷孕是怎麼一回事。我以為是憲子告訴他的，但聽他的口氣，是從女兒的口中得知小寶寶的事。

這種情況下，我該怎麼回答？也許應該回答說，我最喜歡英紀，勝過肚子裡的孩子，但是，我覺得英紀知道肚子裡有嬰兒後，會知道我在說謊。他這麼相信我，如果我不說真心話，會讓他傷心難過。所以，我決定據實以告。

「是啊，舅媽肚子裡有小寶寶。現在小寶寶還很小，舅媽很努力要讓小寶寶健康地生下來，不過，小英也很重要。所以，當小寶寶生出來之後，你也要疼愛他喔。」

「我不要！」

英紀大叫一聲，用力推了我一把，就一個人摸黑跑回家了。我無法追趕他，因為，在我跌坐在地上的瞬間，下腹部一陣劇痛，溫熱黏稠的液體從大腿之間流了出來。

我不知道那是小櫻，還是包覆著小櫻的東西。

當我醒來時，發現自己躺在醫院的病床上，小櫻已經不在我肚子裡了，所以，無論當時流出來的是什麼，都已經無關緊要了。站在床邊的田所和女兒不停地流淚，照理說，最痛苦的應該是我，但他們卻比我先流淚。

不知道是否因為這個原因，我一滴眼淚也流不出來。

失去小櫻後，春天從此不再造訪我的人生。

為什麼會失去小櫻？是英紀的關係嗎？我原本打算不提英紀推倒我的事，但鄰居剛好路過，看到英紀推我，也為我叫了救護車，還在我昏迷時，告訴了田所家的人。

英紀會不會受傷？憲子會不會不高興？……但這種人完全不值得我擔心。

「趕快向舅媽說對不起。」

「我不要！」

憲子和英紀只有在醫院病床旁有過這麼一次莫名其妙的對話，之後就沒再提過這件事。

在我出院後，這對母子也沒有再來田所家，但並不是基於對我的罪惡感。而是因為英紀被燙傷了。

當我身心俱疲地回到家中，婆婆非但沒有半句關心，反而怒不可遏地責罵我。

原來女兒用炸天麩羅的油燙傷了英紀。婆婆說，女兒覺得是英紀害我流產，所以用這種方式報復，真是一個可怕的孩子。

她不會做這種事。我無法理直氣壯地這樣為女兒辯護。

幸好英紀只有手背起了水泡而已。不知道是太燙了，還是太痛了，英紀似乎受到了驚嚇，揚言以後再也不去外婆家了。隔天，憲子像往常一樣叫英紀上車，準備來婆婆家時，英紀大哭大喊，最後哭到渾身抽筋，憲子只能作罷。

兩個月後，憲子的丈夫要去大阪做生意，憲子和英紀也一起搬了過去。憲子的丈夫收掉了原本的公司，打算和朋友在大阪開一家新公司，但我完全不知道是什麼公司。

「反正很快就會倒閉，然後又搬回來吧。」田所事不關己地說。婆婆聽了，說了聲「憲子真可憐」，又再度整天躲在自己房間。憲子到底哪裡可憐？她只是和公婆不和，和丈夫之間並沒有太大的問題，能夠搬離公婆的家獨立生活，一定覺得求之不得。

在大阪那樣的大城市，應該有幼兒園願意收像英紀這樣的孩子。

雖然暴風雨遠離，再度恢復了原來的生活，我卻沉浸在原本的生活裡所沒有的失落感之中。

我心愛的小櫻。

我也曾經想過，如果女兒再晚幾天告訴英紀小寶寶的事，如果等我進入安定期之後……況且，根本沒有必要告訴他。

因為他們母子根本不是田所家的人。

但是，神父——我絕對沒有憎恨女兒，因為失去小櫻之後，她成為我唯一的女兒。

女兒將把我母親的血脈傳承到未來，我怎麼可能不珍惜她。

女兒的回憶

關於溫暖的手的記憶，無論外婆的手、媽媽的手，還是亨的手，都同時有一種硬邦邦的感覺。但有一個人的手軟綿綿的，那雙手總是帶著奶油的香味，讓我有一種幸福的感覺，比媽媽在夢想之家做的熱鬆餅，更有濃烈而甜蜜的奶油香味。

那是中谷亨的妹妹春奈的手，她比亨小兩歲。

通常都是女生送男生手工餅乾，但有一天午休時，亨送我一個有可愛貓圖案的紙袋，紙袋裡飄出奶油的香味。打開一看，裡面是櫻花形狀的餅乾。該不會是亨做的？我還沒問出口，亨就告訴我，是他妹妹做的。

既然是他妹妹做的，為什麼要送給我？她特地做給哥哥，哥哥拿去送給別的女生，妹妹會怎麼想？我不由得如此思考。但我是獨生女，完全無法想像會是怎樣的心情。我看到紙袋摺起的地方用鉛筆寫著「哥哥，以後也請多關照」幾個字，我更無法想像亨的妹妹是帶著怎樣的心情寫下這句話。

只是覺得他們兄妹感情真好。

「她最近好像迷上做餅乾，每天晚上都做很多，請妳幫忙一起吃。」

聽他這麼說，我把一塊餅乾放進嘴裡。餅乾甜甜的，粉粉的，有點黏牙，充滿懷念的味道，以前我曾經吃過咖哩淋在類似的餅乾上。

「味道不怎麼樣吧？妳不想吃，就丟掉吧。」

「不會，我喜歡這種味道，幫我謝謝她。」

亨似乎真的轉達了我的感謝，之後，我每隔三天就會收到一次餅乾，最後他妹妹邀我去他家吃剛烤好的餅乾。雖然亨有點不高興，我第一次去他家，竟然是應他妹妹邀約，但我很高興。

我猜想亨的家應該和之前我們在山丘上的房子很相像，但是，搭公車前往時，發現那裡不是山丘，而是靠近海岸的平地，房子也很大。即使這樣，還是讓我產生了懷念之情。

搭公車時，我就有這種感覺。到了公車站，跟在來接我的亨身後走去他家時，這種感覺更加強烈。當我打量亨的家，巡視四周時，我終於想起來了。

外婆的家好像就在這附近。

以前還住在夢想之家時，我經常和媽媽一起穿著母女裝，搭公車去外婆家。我坐在媽媽身旁，討論要對外婆說什麼話，車窗外的大海就漸漸出現在眼前。下了公車後，媽媽說，我們去買蛋糕，我樂不可支地拍著手。

「從公車站往相反的方向走，在第一個街角那裡，是不是有一家蛋糕店？」

聽到我的問題，亨驚訝地問：「妳為什麼知道？」原來我沒有記錯。我告訴他，我外婆家就在附近。他問我要不要去看看，但我還沒有做好心理準備，決定下次再說。

來到亨的家中，發現春奈穿著圓點圖案的圍裙在等我們，我想起我從來沒有穿過圍裙。他們的父母去親戚家，今天晚上不回來。亨不顧我就在旁邊，就抱怨春奈為什麼不和父母一起去。

「如果我不在，你想幹什麼？」春奈大聲反問。她人如其名，也像她做的櫻花形狀餅乾一樣，渾身洋溢著粉紅色的蓬鬆感覺，一眼就可以看出她備受疼愛。

「跟我來，跟我來。」她用柔軟的手拉著我走進廚房，完全沒有被班上女生牽手時的厭煩。我好像很久以前就曾經握過這雙手，鼻子深處有一點酸酸的感覺。

春奈原本說要全部自己做，但一聽到亨說：「那我們去房間，妳做好時再叫我們。」就提議大家一起做。除了烹飪實習課以外，這是我第一次做糕餅，但是做起來並不難。

把麵粉、奶油、雞蛋和砂糖混在一起，攪拌後攤平就好。

「雖然我很想做更可愛的形狀，但我們家只有這個。」

春奈拿出兩種花卉圖案的模型，那是在做燉菜時經常使用的壓花模型。

「這個給妳，可以嗎？」春奈可能喜歡櫻花，把另一個壓花模型遞給我。

「我喜歡桃花。」

「咦？這不是梅花嗎？」

我們兩個人一邊聊天，一邊用模型壓在麵糰上。遭到排擠的亨拿出竹籤，俐落地挖出了小鳥的形狀，他還畫了眼睛和翅膀的圖案。

「好可愛。」春奈叫了起來，要求亨再做貓。「真是拿妳沒辦法。」亨嘀咕了一句，又開始低頭挖貓的形狀。看著他們的對話，我忍不住想，原來兄妹就是這樣。

如果我也有兄弟姊妹，會像現在這樣渴求母愛嗎？會渴望媽媽多關心一點我嗎？我會暗自發誓，必須保護媽媽嗎？

如果有兄弟姊妹，就代表媽媽除了我以外，還有另一個重要的人。媽媽會不會覺得給我的愛已經足夠，其他不足的部分就靠兄弟姊妹之間的感情來彌補，照樣可以過愉快的生活？

姊姊，教我做功課。姊姊，妳陪我玩。姊姊，妳幫我做飯……如果有弟弟或妹妹向我提出這些要求……

如果那個小寶寶順利生下來——

小學六年級那一年秋天，也是那場颱風的六年後，某一晚我們在主屋吃晚餐時，媽媽告訴大家，她懷孕了。

我們班上只有三個人是獨生子或獨生女，大部分的人都有兄弟姊妹。不知道為什麼，我從來沒有想過自己也會有兄弟姊妹。爸爸偶爾會問我，想不想有個弟弟之類的話，我也沒想過是媽媽要生，而是覺得會從其他地方帶一個回來，所以冷冷地回答：「我不需要。」

自從夢想之家被燒掉後，我就拒絕爸爸再問相同的問題。我想，我應該是感到害怕，擔心一旦有弟妹，我就沒有任何存在的意義了。

而且，自從爸爸的另一個妹妹憲子姑姑，每天帶她的兒子英紀來我們家後，我覺得小孩子都很煩。

英紀那時候四歲，已經可以上幼兒園了，憲子姑姑簡直把我們家當成了幼兒園，每天早上八點就開車來報到。聽說英紀那一年四月進了幼兒園，但在椅子上坐不滿五分鐘，經常為一些小事抓狂、破壞東西，或是打傷其他小朋友，所以只讀了一個月就沒去了。

憲子姑姑冠冕堂皇地說，奶奶自從小律離家出走和爺爺死後，身體一直不好，她身為女兒不能袖手旁觀，便理所當然地每天來家裡，但是我很快就發現根本不是這樣。

憲子姑姑嫁入鄰町有聲望的家族，因為英紀的事，受到婆家的人責備，她也因為這個原因整天頭痛、頭昏腦脹，所以回娘家休養。奶奶常常毫不避諱地大聲談論這件事，所以絕對沒錯。

「他們對憲子太過分了，森崎家那些傢伙根本不把憲子當人看。」

奶奶說得好像憲子姑姑受盡了委屈，但我才不相信吃得腦滿腸肥、手指沒有絲毫粗糙，指尖還搽著鮮紅色指甲油的她真的受到這種對待，而且每年中元節和過年時一起來家裡的姑丈看起來很親切。

「妳才把我媽媽當奴隸使喚。」這句話幾乎衝到了喉嚨，但自從小律那件事後，我發現只要我態度惡劣，奶奶就會用數倍惡劣的態度報復媽媽，所以我每次都只好把話吞下去。

從那時候開始，我漸漸瞭解爸爸整天悶不吭聲的原因了，但我並不覺得沉默就可以解決問題。

以前週末全家都去農田裡工作時，都是媽媽負責做午餐，如果爸爸和我不去農田幫忙，父女兩人就在家裡煮拉麵。但是自從奶奶整天躺在家裡後，我就必須留在家中做午餐。

「妳就盡力而為，拜託妳了。」

因為媽媽這麼拜託我，所以我一開始使出了渾身解數。當我做蛋包飯和炒飯時，爺爺、奶奶雖然不會說好吃，但也不會抱怨。自從憲子姑姑來家裡後，奶奶開始對菜色提出囉嗦的要求。

「憲子在森崎家都吃不到想吃的東西，她喜歡吃油炸食物，妳以後盡量做油炸的食物。」

我猜想森崎家的人應該擔心英紀過度肥胖，才不讓憲子姑姑做這些菜色。英紀肥頭大耳，如果不知道他的年紀，會以為他讀小學三年級，他的體重應該超過我。於是，我故意謙虛地說，可以請姑姑在這裡做自己喜歡吃的菜。

「妳在說什麼蠢話？嫁出去的女兒就不是這個家的人了，而是客人，怎麼可以叫客人進廚房？而且她生病了。妳居然可以面不改色地說這種話，妳這個孩子太可怕了。」

妳這個孩子太可怕了。自從小律離家出走後，奶奶經常對我說這句話。小律才是可怕的人，她故意裝傻，利用了我。

但我還是做了天麩羅和炸雞塊，憲子姑姑理所當然地大快朵頤，還盛氣凌人地吩咐要炸英紀愛吃的小香腸天麩羅。

憲子姑姑吃完午餐後，就躺在客廳看電視，等到吃完媽媽做的晚餐後才回家。她說英紀在家，她沒辦法好好休息，就拿了三百圓給我，叫我帶他去超市，我只好帶英紀出門。但英紀想要買超過三百圓的零食，我說不行，他就躺在超市的地上耍賴，大哭大鬧。我打他的頭說，你就一輩子躺在這裡，然後轉身離開，他仍然抽抽答答地哭個不停，卻也只好跟我回家。

英紀從來沒有挨過罵。

憲子姑姑看到英紀一進門就在哭，立刻責備我：

「他就像妳的弟弟，為什麼不能對他好一點？」

我怎麼可能對他好？也沒有義務要對他好。說句心裡話，我痛恨他，根本不想見到他。

英紀很喜歡媽媽，整天黏著媽媽，幾乎每天晚上都可以和媽媽一起去散步。牽媽媽的手、坐在媽媽腿上、讓媽媽撫摸他的頭，他覺得這一切都是理所當然的，深信媽媽愛他。

這種比猴子還不如的動物，只是因為他年紀小，也能得到毫無血緣關係的媽媽的關愛。如果媽媽生了自己的孩子……

所以，聽到媽媽說「懷孕」時，我覺得整個心都被揪緊了。但是，聽到奶奶和姑姑的冷言冷語，我又忍不住感到厭惡，很納悶她們為什麼無法為媽媽感到高興。

這時，我終於發現，原來對媽媽來說這是一件喜事。既然這樣，我也要感到高興。

我必須保護媽媽和小寶寶——

但是，爸爸出面反駁了奶奶和姑姑。看著憲子姑姑懊惱的表情，我忍不住在心裡歡呼。我從來沒有像那一刻那麼覺得爸爸是一個可靠的人，爸爸在當下挺身保護了家人，之後抽菸的數量也減少了。當我這麼對爸爸說時，他故意冷冷地說，因為奶奶不再買菸放在家裡，但我知道爸爸是為了小寶寶。

媽媽的懷孕不僅讓我對爸爸刮目相看，連奶奶也重新去農田工作。

可能是因為聽到爸爸說「傳宗接代」這件事，我忍不住想，如果我是男生，也許在這個家裡會有不同的待遇。但是，身為女人卻故意為難女人的人，腦筋絕對有問題，而且我也不想讓那種人寵愛我，更何況在外面的世界，並沒有嚴重的男女不平等問題。

只不過看到媽媽的負擔稍微減輕，還是不由得感到高興。

「妳是姊姊，要當媽媽的小幫手喲。」

媽媽這麼對我說。姊姊。我猜想那一刻是媽媽最需要我的時候，是最完全接受我的一刻。

除了週末的午餐以外，我還幫忙做晚餐，包辦了飯後洗碗、洗浴室和洗衣服等所有的工作。最大的不滿就是憲子姑姑仍然整天帶英紀回來，媽媽因為害喜很不舒服時，她仍然拜託媽媽帶英紀去散步，晚餐要吃油炸食物。我在一旁看著，忍不住怒氣衝天。

但是，我還是忍著沒有罵人。為了媽媽，為了小寶寶，我拚命忍耐。

那天也是——

我原本以為女人懷孕時，整天都要躺在床上，但媽媽告訴我，進入安定期後，就可以過正常的生活，而且比起整天躺在床上，稍微做點家事或工作、散步、做體操對母體和小寶寶更好。

在離安定期還有一個星期左右時，醫生要求媽媽絕對要躺在床上休息。幸好那天是週末，所以我包辦了所有的家事。

「妳是姊姊，媽媽最依賴妳了。」

媽媽躺在偏屋的臥室對我這麼說。最依賴我。我一定要回應媽媽的期待，讓她為我感到高興。我帶著這份心情走去主屋，但憲子姑姑又帶了英紀來家裡，她在客廳和奶奶一起窩在暖爐桌旁一起看電視。

英紀吵著要去找舅媽，憲子姑姑哄騙他說：「舅媽生病了，會傳染給你。」然後給他一大堆零食，阻止他去偏屋。

我去廚房準備午餐。正在炒飯時，爸爸從廚房後門進來。

「妳一個人很辛苦吧？」

爸爸說完，開始翻冰箱，拿出了豆芽菜和豬肉，把豬肉切碎，拿出平底鍋，用麻油快速拌炒，加了胡椒鹽和伍斯塔醬就完成了，前後不到五分鐘。

「妳要不要嚐嚐看？」

爸爸用長筷子夾了豆芽菜和豬肉到我面前，我張大了嘴巴。

「好吃！」

我想起以前的田所食堂，爸爸很會做菜。那是在夢想之家的愉快用餐時光。

「如果奶奶知道是我做的，妳又會挨罵了，我端去偏屋吃。」

爸爸小聲說完，拿了兩人份的盤子，和炒飯一起放在托盤上，悄悄溜走了。他說話的語氣和以前偷偷給我喝提神飲料的語氣很像，我想起自己以前很喜歡這樣的爸爸。

但是，憲子姑姑看到桌上的炒飯和炒豆芽菜，不滿地問：

「就這樣而已？主菜呢？」

「就是炒豆芽。」

「什麼？妳把我當傻瓜嗎？媽，妳說說看啊！」

奶奶走過來，看到桌上的炒豆芽菜，額頭立刻暴著青筋大發雷霆。

「這是怎麼回事？我們讓她好好休息，她居然叫妳做這種東西。如果不好好說她幾句，她會愈來愈得寸進尺。」

奶奶以為是媽媽叫我做這些菜。

「等一下，這是我自作主張做的。對不起，是我太偷懶了，我馬上再去加一道菜。」

我走回廚房，炸了炸雞塊端到桌上時，發現憲子姑姑和奶奶把剛才說得一文不值的炒豆芽菜全都吃完了。我的炒豆芽菜已經完全冷掉了，用微波爐加熱後，豆芽菜的水分都蒸發了，完全沒有剛才爸爸給我吃時的味道和咬勁。

收拾完他們的碗筷，我怕媽媽營養不足，就熱了牛奶去偏屋。媽媽坐了起來，我把杯子放在被子旁的桌上，也坐在那裡。

「謝謝，媽媽真的很高興，妳這個姊姊這麼能幹，寶寶太幸福了。」

聽到媽媽對我說這些溫柔的話，我太高興了，眼淚快要流出來了。不管奶奶或憲子姑姑說什麼都沒關係，但是，如果我在媽媽面前哭，她一定會擔心我是不是受了什麼委屈，所以我咬緊牙關，不讓眼淚掉下來。

媽媽，妳好好休息，一定要生一個健康的小寶寶。

我很想這麼對媽媽說，但我擔心說到一半就會流淚，所以最後什麼都沒說。媽媽看到我沒說話，叫我去拿護手霜。我以為她會叫我自己搽，沒想到她叫我伸出手，我懷疑自己聽錯了。

這是怎麼回事？我像乞丐一樣手背朝上，悄悄伸出手。媽媽沾取大量護手霜放在手上，包住我的手，溫柔地為我搽了護手霜。

「對不起，妳每天晚上洗碗，我都沒有發現。妳應該告訴我啊，否則和同學牽手時，別人也會擔心，以後摸小寶寶時，小寶寶也會嚇一跳。」

媽媽說話時，仔細地為我每一根粗糙的手指搽上護手霜。我感受著桃子的香氣，努力不讓已經擠到眼皮下的淚水流下來。這些淚水有八成是因為渴望已久的心願終於實現的喜悅，還有兩成是媽媽的手沒有我熟悉的光滑柔軟，而是像樹幹一樣粗糙而產生的難過。

真希望這一刻能夠永遠停止，但是，也許以後可以慢慢找回這樣的時光。

然而，這份期待持續了不到半天的時間。

媽媽給我零用錢，叫我去買自己專用的護手霜。

要不要買桃子香味的呢？不，媽媽會幫我搽桃子香味的護手霜，我最好買其他香味的。葡萄味？橘子味？等一下，等一下，我記得老師說過，不能帶有香味的護唇膏和護手霜去學校。

我想著這些事，走出偏屋時，剛好遇到英紀。

「妳要去哪裡？」

「去超市，啊，不……」

我很後悔說了實話，應該騙他說去藥局，但已經來不及了。英紀說，他也要去。我擔心他在偏屋前哭鬧，只好帶他去。沒想到英紀比平時更安靜，似乎因為他最喜歡的舅媽生病，所以有點擔心。

我買了圓點軟管的無香味護手霜，用找零的錢幫英紀買了零食，然後一起走回家。英紀想要牽我的手，我甩開了他，他拉著我運動衣的衣襬，跟在我身後。

「舅媽哪裡痛？頭痛嗎？肚子痛嗎？有沒有發燒？什麼時候會好？明天嗎？」

看到他一臉不安的表情，我知道原來他也很擔心媽媽，有點後悔剛才對他太兇了。

「舅媽不是生病，而是肚子裡有小寶寶。你不是知道嗎？所以現在要好好休息，才能生下健康的小寶寶。」

「小寶寶、小寶寶……舅媽喜歡小寶寶嗎？」

「喜歡啊。」

「第幾個喜歡？」

「當然是第一個啊。」

雖然說「第一個」時，心裡有點難過，但我想有弟弟或妹妹的人都曾經有過這種心情。英紀似乎在用自己的方式理解這件事，一下子皺眉頭，一下子拚命眨眼睛，一下子又動著嘴巴，做出很多奇怪的表情。

「所以，你不可以去吵舅媽，知道嗎？」

英紀仍然一臉奇怪的表情，默默點了點頭。看來他並不是完全不講道理，只要多花一點時間，配合他的步調，他還是能夠聽懂。我漸漸這麼相信著，牽著他的手一起走回家。

沒想到，他完全沒有聽懂。

回家睡午覺後，英紀突然好像被火燒到一樣放聲大哭。憲子姑姑去安撫他，他拉扯著憲子姑姑的頭髮，抓她的臉，還用力踢奶奶的腰，最後把掛在壁龕的掛軸也撕破了。

「妳到底對英紀做了什麼？」

憲子姑姑衝進廚房，責怪正在準備晚餐的我，但我完全搞不清楚狀況。他今天和我在一起時，比平時更乖巧。我明確地這麼告訴憲子姑姑，英紀終於安靜下來。但他只安靜地看了十幾二十分鐘的電視，又突然尖叫著發脾氣，在吃飯時也打翻杯子，對著桌上的菜吐口水，簡直就像是山上的猴子在撒野。

「舅媽、舅媽、舅媽！」

這或許就是英紀平時的樣子。以前我一直覺得他的情況並沒有嚴重到不可以去上幼兒園，原來是因為這個家裡有他喜歡的舅媽，所以他才自我克制。我能夠理解憲子姑姑每天把英紀帶回來家裡的心情，但今天絕對不能讓他去吵媽媽。

其實只要打他一下，好好罵他一頓就可以解決問題，但憲子姑姑和奶奶似乎覺得這是一場惡夢，對他置之不理。

英紀想要去找媽媽。

「不是說了嗎？今天不行。」

聽到憲子姑姑這麼安撫他，我終於放了心，走去廚房洗碗，卻聽到玄關的門打開的聲音。

「真是的，小英，等一下。」

雖然憲子姑姑叫著他，但絲毫沒有制止他的意思。我放下洗到一半的碗，慌忙去追他們母子。果然不出所料，他們走進了偏屋，憲子姑姑正在拜託媽媽帶英紀去散步。

她明知道媽媽不好意思拒絕，還故意這麼說。我無法原諒她。

我不能讓她得逞。

「不可以！你這個白痴。」

我朝著正在脫鞋子的英紀後腦勺用力打了一下，但是，英紀沒有像下午去超市時那麼乖巧，反而還穿著鞋子進了屋，哭著撲向媽媽。憲子姑姑責備我，但我沒有做錯任何事。

我居然和這種白痴大人有血緣關係，真是太悲哀了。但是，正因為有血緣關係，所以才有資格說她。我轉身看著憲子姑姑。

「閉嘴，妳這個當媽媽的也是白痴。這種時候還來家裡，妳腦筋有問題嗎？吃飽了就睡午覺，然後起床又吃，和豬沒什麼兩樣。今天已經餵過飼料了，趕快帶著這個小白痴滾回去！」

不過憲子姑姑，不，田所家所有的人向來不覺得自己有任何錯。她氣得滿臉通紅，努力想要反駁我。

但是，媽媽竟然當著我們的面，答應帶英紀去散步。

看到媽媽露出極其難過的表情，我忍不住猜想，媽媽該不會不是對憲子姑姑和英紀生氣，而是在責備我？我剛才打了英紀，也說了不少媽媽討厭的髒話。所以，我不敢提出要陪他們一起去散步。

媽媽帶英紀出去後不久，英紀一個人大哭著跑回家。我正準備問他，媽媽怎麼了，就接到了鄰居的電話。

媽媽跌倒出血了，所以鄰居叫了救護車。

我衝出家門，在拚命奔跑時不斷責怪自己，我為什麼沒有阻止憲子姑姑和英紀？為什麼讓媽媽和英紀一起去散步？為什麼沒有偷偷跟著他們？

我明明發誓要保護媽媽和小寶寶。

為什麼？為什麼？為什麼？為什麼——

但是，即使現在回顧當初，我也不知道那時候到底該怎麼辦。應該輕聲細語制止英紀嗎？還是好言勸說憲子姑姑？應該在主屋盯著英紀嗎？還是該在主屋時就罵他一頓？或是用繩子把他綁起來？

那天，我應該馬上去追他們嗎？

媽媽流產的第二天，憲子姑姑又帶著英紀來家裡。爸爸很不高興地對憲子姑姑說：「妳還有臉回來？」憲子姑姑露出沮喪的表情，我還以為她在反省。

但當我走去廚房準備午餐，在炸天麩羅時，聽到客廳傳來憲子姑姑的聲音。

「哥哥的態度是什麼意思？好像是英紀害大嫂流產的，她第一次出血時，孩子就已經保不住了。」

我覺得渾身的血液都往腦袋上衝。

「妳這種人真該死！」

我衝進客廳，如果當時手上拿的不是筷子，而是菜刀，搞不好會殺了憲子姑姑。就在這時，背後傳來好像被刀子刺中的慘叫聲。

英紀擅自跑進廚房，把手伸進炸天麩羅的油裡。我沒有把小香腸天麩羅從油裡撈起來，他伸手想要拿。雖然我已經關了火，但油還是很燙。

「好痛、好痛。」英紀哭喊著。我把他的手浸入冰水時，用憲子姑姑聽不到的聲音在他耳邊悄聲說：

「死掉的小寶寶和舅媽應該更痛。」

隔天之後，憲子姑姑和英紀就沒有再來家裡，幾個月後，和姑丈三個人一起搬去了大阪。折磨媽媽的人消失了。

但是，媽媽再也沒有親手為我搽護手霜。

這也是無可奈何的事，因為我無法保護唯一的弟妹。

但是，如果媽媽願意原諒我的罪行，我希望她再度為我的雙手搽上桃子香味的護手霜。

不，這次輪到我為媽媽粗糙的雙手搽護手霜。

◇

啊，痛苦的風景上方沉沉地低垂，
滿是淚水的人啊，拚命忍著的天空啊，
當她落淚時，溫和的驟雨
斜斜地奔跑，掠過心靈的砂層。

啊，因淚水而沉重的人啊，承載了所有淚水的秤啊，
在萬里晴空時，從未覺得自己是天空，
如今卻為了暫時落腳的雲，必須成為天空的人啊。

在單一而嚴峻的天空下，你的痛苦風土
是多麼清晰，又多麼近在眼前，宛如
面對垂直的世界，卻水平地思考，
宛如躺著，卻緩緩醒來的面容。

第五章 淚瓶

關於母性

我出示了刊登那位母親證詞的報紙影本，國文老師仍然偏著頭。

「妳對哪一個部分有疑問？」

「『盡己所能地疼愛』，應該是這句話吧。」

「這有什麼問題？就是她全心全意地照顧女兒的意思吧？」

國文老師似乎對這句話沒有任何疑問。

「像你這樣說不就好了嗎？」

「但她那句話也不至於太咬文嚼字啊。」

我該如何告訴他那種好像有魚刺卡在喉嚨的感覺？我夾了一塊小律送上來的馬鈴薯燉肉。這道菜並不需要太費工夫，但為什麼大家都用這道菜來表現很家庭化的女人？「盡己所能地疼愛」這句話，是不是和「媽媽的味道」屬於相同的類型？

「比方說，假設有人每天下廚做馬鈴薯燉肉或是味噌鯖魚，如果別人問她『每天煮什麼菜給小孩子吃？』，她會回答『我都讓孩子吃媽媽的味道』嗎？我相信八成會回答『就是家常菜啊』。相反地，那些整天給孩子吃即食品，甚至沒有讓孩子三餐吃飽的人，往往會回答『我都煮媽媽的味道』，或是營養均衡的飲食之類的話。」

「妳的意思是，正因為心有愧疚，所以才會用誇張的字眼來掩飾嗎？」

「沒錯。」

他似乎終於聽懂了。

「那妳應該直截了當地說嘛。」

「我以為用食物來比喻，你比較容易理解。」

「嗯，的確，愛很難用言語形容。如果可以像蘋果和橘子一樣，用顏色、形狀和大小來表示就輕鬆多了，現在還用數值來表示水果的甜度。」

「鮮紅色，左右均衡的心形，差不多可以雙手抱住的大小，甜度是極大值一百。類似這樣嗎？的確，如果肉眼可以看見，真的方便多了。」

「不，還是不要吧。我就會知道我老婆的心一年比一年褪色，還愈縮愈小。而且，如果被她發現我的心也縮小了，她絕對會抱怨連連。幸好愛不能用肉眼看見，正因為看不到，這個世界才能夠成立。從這個角度來看，『盡己所能地疼愛』這種話好像的確不會輕易說出口，反而覺得很虛假。如果這個母親被人懷疑殺害了自己的女兒，為了自我辯解說這種話還情有可原……妳該不會在懷疑這種可能性吧？」

這個人滿嘴胡言亂語，卻突然說中重點。雖然我已經不是小學生，知道人不可貌相的道理，說話頭頭是道的人未必聰明，一派胡言的人未必不聰明，但還是不免憑印象評斷他人。我在心裡對他說了聲對不起。

「不至於懷疑，只是對這位母親和女兒的關係感到好奇。」

「不管那個女兒墜樓是意外，還是他殺或是自殺，假設調查了這對母女的關係後，發現和她母親有關，那妳要怎麼做？妳應該不是那種因為好奇心去調查，得知結果就感到滿足，至於當事人如何和自己無關的人吧？妳會去報警嗎？」

「不，我並不打算報警。也許瞭解那對母女的關係就感到滿足了，但是，我會想要見一見當事人，和她談一談。」

在說話的同時，我忍不住想，到底要談什麼？談談什麼是愛嗎？

不，要談追求愛這件事——

母親的手記

雖然我不太想在神父面前使用「神」這個字眼，但我覺得大家把「家人」過度神聖化了。當這些人在說「家人之間是血濃於水的關係」、「在關鍵時刻可以相互扶持」的時候，到底指的是哪一個家庭？

當我遭遇難以承受的不幸時，田所家有誰對我說過半句溫柔的話？又有誰向我伸出援手？

當我失去小櫻，內心再度陷入空虛時，拯救我的是名叫中峰敏子的女人。她和我非親非故，也不是所謂的家人，甚至不算是朋友，而是徹徹底底的陌生人。她只是我的鄰居。英紀把我推倒在地時，她為我叫了救護車。照理說，我應該登門向她道謝，但反而是敏子帶著大葡萄來田所家的偏屋探望我。

我之前曾經在婦女會開會時見過敏子，覺得她是一個開朗溫柔的人，但這是我們第一次單獨見面。雖然我們只是這種程度的關係，但她拉著我的手，緊緊地握著，流著眼淚對我說：「妳受苦了。」

她說，她也曾經流過產。

她說，我不必為無法保護自己的孩子感到自責。

她用平靜而深沉的聲音說了很多關心的話，輕輕地陪伴在我身旁，完全不會讓人感受到壓力。敏子溫暖的手和溫柔的話語滲入我的內心，讓我漸漸感到充實，我終於為小櫻流下了眼淚。敏子靜靜地撫摸我顫抖的後背。

如果我有姊姊，差不多就是這種感覺吧？

她給我的關愛和父母、朋友都不一樣。那天晚上，敏子剛好路過真的只是偶然嗎？是不是小櫻用生命讓我和敏子結緣？我忍不住有這樣的想法。

敏子有時候會拿一些牡丹餅或其他她自己做的點心給我。

她來偏屋時，我總是拿我親自縫製的坐墊，而不是普通的客用坐墊給她。有一次，敏子看到上面的刺繡，發現是我自己繡的，就邀我去她家參加每週一次的手工藝課。她說，之前就想邀我參加，但因為我婆婆的關係，就打消了這個念頭。

「如果在田所家的大房子放用棉手套做的絨毛娃娃，或是空瓶做的人偶，妳恐怕會被老太太痛罵一頓。」

敏子看著主屋的方向，壓低嗓門說道。我完全忘記了原來外人是這麼看田所家的人。

即使由我一手包辦農務之後，所有收入都如數交給婆婆，婆婆也從來沒有付過我一分錢。她說：「妳不是雇來的工人，而是家人，家人當然不必付工錢。」被她這麼一說，我當然無法反駁。田所的薪水愈來愈少，我們的生活中完全沒有任何奢侈的享受。左鄰右舍中，也有不少人在鐵工廠上班，但他們不會向寺院捐贈鉅款，為了親戚婚喪喜慶準備紅白包時也不會死要面子，所以日子過得還算寬裕。

雖然我和敏子很談得來，但不可能連家計的事也告訴她。說自己沒錢是世界上最羞恥的行為。

如果是幾年前，敏子對婆婆的顧慮或許很有道理。雖然敏子的手工藝課每週只有星期二晚上八點到十點的兩個小時，但婆婆絕對不會答應我為了興趣愛好離家，絕對會問我洗碗怎麼辦、洗澡怎麼辦這些她自己不願動手做的事。

但是，如今這些事都有女兒幫忙，再加上憲子不再經常上門後，婆婆再度整天鬱鬱寡歡。當我說婦女會要定期開兩個小時的會，她只是不感興趣地「喔」了一聲。

參加手工藝課非常開心！住在附近的五、六名家庭主婦聚集在敏子家中，一邊聊天，一邊做手工藝品。每次的材料費差不多三百圓左右，都由敏子統一訂購。

我第一次參加時，做了筆筒。把牛奶盒拆開後，做成幾個高度不同的三角柱，再用千代紙包起來，從上方往下看，是一個六角形。「妳的顏色搭配真漂亮。」「用深色鑲邊比較漂亮。」大家相互討論著，即使是初次見面的人，也可以很快融入她們。

聽完敏子的簡單說明後，我在轉眼之間就完成了。大家紛紛稱讚我：「妳的手真巧。」「妳配合不同的高度做出色彩的漸層，太有品味了。」

無論用手巾做面紙盒，或是用竹片編織籃子，或是用硬紙板做有抽屜的小置物盒，我的作品每次都會受到稱讚。

我多久沒有聽到他人的稱讚了？單身的時候，除了父母以外，我周遭的人經常稱讚我，也就是說，只有田所家的人吝於給我任何稱讚。

參加手工藝課後，我發現每個人都或多或少在婆家受到欺負。當大家一起裁色紙、穿針引線、編竹片，剛開始都討論作品的事，不一會兒，就不約而同地開始抱怨家裡的事，其他人也都積極加入。

小孩子不喜歡讀書、丈夫喝酒後失態、被婆婆數落，甚至有人的婆婆七十大壽時，大姑沒有幫她訂壽宴上的位子。

「一定是因為妳太能幹了，所以妳婆婆和大姑心裡不痛快，才會用那麼幼稚的方法整妳。」

聽到敏子對那個人說這番話時，我對照自己的經驗，覺得她言之有理，忍不住用力點頭，也稱讚了那個人的作品。

和大家一起聊天後，我漸漸發現，聚集在敏子家的人都離開自己的父母，嫁進本地算是有聲望的家庭。而且，每個人都有失去父母、兄弟姊妹或是兒女的經驗。所謂「人以群分」，我們相互激勵，攜手面對人生。我由衷地感謝敏子讓我認識這些朋友。

雖然再度獨自面對農務工作很辛苦，但婆婆不再說三道四，至少心情上比較輕鬆。

女兒上國中後，愈來愈不需要我的照料。

聽說田所工作的鐵工廠隨時會倒閉，已經有人換工作，或是去都市謀職，但田所語氣堅定地說：「沒這個必要。」像往常一樣照常上班，所以我也完全不為這件事擔心。

回想起來，每週一次去手工藝教室的日子，是我搬到田所家後，心情最平靜的時期。唯一的擔心，就是婆婆經常說一些像是妄想的話。

「律子快回來了，妳記得買一些她喜歡吃的菜。」

她第一次這麼說時，我以為律子打電話回來，所以按她的吩咐去買了菜，但第二天不見律子的人影，隔了一個星期，律子仍然沒有回來。田所問婆婆，律子真的有打電話回來嗎？婆婆一開始大發雷霆說：「當然有啊，我怎麼可能騙你？」過了幾天，突然很沒自信地嘀咕說：「可能是我誤會了。」然後哭了起來。

「可能她想回來，但那個男人不讓她回來。哲史，你馬上去大阪把她帶回來。」

聽到婆婆這麼說，田所一臉無奈地走回偏屋，我只好拚命安撫婆婆。

但是，參加聚會的每個人家中的婆婆都或多或少有這種問題，她們鼓勵我，只要婆婆還能自己上廁所，就不需要太擔心，我也終於安心了。

去手工藝課時，敏子每次都會請我們喝茶、吃點心。三百圓的材料費中應該不包含茶點的費用，所以我去商店街的蛋糕店買了泡芙想要感謝她，在沒有手工藝課的日子送去敏子家。敏子說：「妳真是太費心了。」很不好意思地收下了，然後對我說：

「妳媽媽把妳教得真好。」

神父，這是最讓我開心的一句話，我當時忍不住泛著淚光。真正瞭解我的不是家人，而是敏子。我發自內心地這麼認為。為了珍惜和敏子在一起的時間，我從不缺席手工藝課，每個月都會送一次點心給她。

那是我開始上手工藝課一年後左右發生的事。

那天我去敏子家上課時，發現有一名陌生的成員。敏子介紹說，那是她的姊姊彰子。那天是用縐綢布做束口袋，三十分鐘就做完了。敏子提議說，不如一起來玩一件好玩的事：彰子根據每個人的姓名，幫大家算命。

日常生活中，根本沒有時間夢想會有好事發生在自己身上，就連在報紙角落看到的每日占星，也覺得事不關己。但聽到其他人覺得很好玩，就忍不住跟著興奮雀躍起來，好像回到了學生時代。我們分別把自己、丈夫和兒女的名字寫在敏子事先準備的紙上。

「我先聲明，我之前沒有告訴姊姊我們平時聊天的事。」

敏子這麼說，但我對彰子算命這件事並沒有太認真。大家都笑著說，知道了、知道了。

「我沒辦法光靠姓名就知道各位家裡的事。雖說是根據姓名算命，但並不是像有些書上那些根據筆畫算命，只是看名字後，說出對這個人的大致感覺。」

彰子笑著說道。花子就好像花一樣的人，幸子就是幸福的人。舉這樣的例子或許太簡單，但我猜想就是這種稱不上是算命的算命。

敏子問大家，要去其他房間個別聽算命結果，還是大家一起聽。其他人可能和我一樣，並沒有太相信。其中一個人說，聽起來很好玩，也想同時聽其他人的，也沒有人表示反對。

彰子說：「那我就開始囉。」然後從隨便疊在一起的紙中，拿起最上面那一張。她沒有問是誰的，就把手放在紙上，閉上眼睛片刻，說出了對每個名字的算命結果。

「不會說謊的人。像夏日陽光般充滿熱情的人。具有像楊柳般柔軟的心。」

「哇，好準喔！」

被算到的那個人歡呼起來。彰子說得很含糊，我對那個人的家人也不太瞭解，但看到當事人很滿意的樣子，其他人也不禁產生了好奇心，不知道輪到自己時，彰子會說什麼。

彰子的形容很模稜兩可，而且沒有說任何負面的話，所以大家都安心地樂在其中。像紫丁花一樣的人、像晚霞天空般的人。大家結婚之後，就不曾聽過這種充滿詩意的話，有一種心動的感覺。終於輪到我了。我希望她說我是像春天陽光般的人。

「純潔和熱情並存，像紅玫瑰般的人。」

她說的話完全出乎我的意料，但是，我聽到有人說「真羨慕」，還有人說「的確有這樣的感覺」，讓我沉浸在幸福之中。

「像深湖般的人。」

這是彰子對田所的算命結果，曾經見過田所的人忍不住點頭說「有道理」。

「像燃燒的烈火般的人。」

這是她對我女兒的算命結果，認識我女兒的人忍不住微微皺起眉頭。

「她好像不算是這種類型的人。」

敏子說道。自從敏子在醫院遇見女兒後，她們見面都會打招呼。

「她很乖巧老實，感覺像是筆頭菜。」

總之，應該算是不引人注目的女孩。敏子的這種形容比較符合女兒。

「是嗎？我只是說出把手放在名字上時，腦海中浮現的感覺而已，並不是百分之百準確，被妳們發現了嗎？那就只能裝一下可愛，請各位原諒啦。」

彰子用戲謔的語氣說完，開始為下一個人算命，其他人再度興奮地喧譁起來，但我無法再像剛才一樣隨口敷衍了。只有我一個人驚訝嗎？大家都沒有發現，彰子在算命時說得很籠統，卻完全觸及了核心嗎？

我回到家中之後，躺在被子裡，彰子說的話仍然揮之不去。

紅玫瑰是讓我和田所結緣的花，也是山丘上房子的象徵，難道代表了我嗎？但是，我並沒有多思考彰子對我的印象。

像深湖般的人，這是第二個人用這句話來形容田所。當初我對嫁給田所遲疑不決，母親用這句話在背後推了我一把，也許彰子具有和母親相同的感性。

敏子總是溫暖地接受他人、包容他人，但因為長期務農而曬黑的臉和粗糙的雙手散發出堅韌和強悍，讓人覺得她吃了不少苦，太依賴她的話似乎很對不起她。而且，她低沉而美妙的聲音很好聽，但聽到她用方言閒聊時，完全感受不到任何魅力。

彰子柔和的五官和敏子很像，皮膚白皙，身體曲線也很圓潤，放在我們寫了名字紙上的雙手，也像釋迦牟尼佛一樣又大又光滑，有一種可以溫柔地包覆一切的感覺。她的聲音也像敏子一樣悅耳動聽，說話沒有半點鄉音，談話內容也完全不俗氣，渾身散發出一種不食人間煙火的神奇力量。

彰子把女兒形容成烈火時，我終於知道彰子的能力是真的。雖然敏子否定了她的話，但我覺得當她把手放在女兒的名字上時，看到的不是女兒的性格，而是那件可怕的事所留下的殘像。雖然女兒對婆婆說話沒大沒小，也具備了讓人聯想到烈火的要素，但我認為這種日常生活中不足為奇的事，並不至於反映在名字上。

紅玫瑰、深湖、熊熊烈火。當我在腦海中回想這些話時，我得出一個可怕的結論。原來這一切都是早就注定的。

我嫁給田所、住在山丘上的房子、生女兒、失去母親。難道颱風和火災並非無法預測的災難，而是注定要發生的嗎？不僅如此，搬來田所家，以及律子、憲子離開這個家，因此造成婆婆無法接受我，甚至失去小櫻，都是……

如果更早認識彰子，在結婚前就請她算命，不知道她會說什麼？我的命運是否會改變？

但是，當初是母親建議我嫁給田所，所以我並不認為自己嫁錯了人，於是，我想到了女兒的名字。既然姓名可以決定命運，如果為她取別的名字，不就可以有不一樣的人生嗎？

也許母親可以活下來。

當初是婆婆為女兒取的名字。不過，即使為這件事再懊惱，一切都為時太晚了。

我失去了母親和小櫻，我的生命中沒有比她們更珍貴的東西了。而且，婆婆最近愈來愈依賴我。帶她去醫院、幫她去領藥這些事，旁人都會覺得是麻煩事，但我忍不住暗自高興。

「其實我根本不想找妳幫忙。」

雖然婆婆很不屑地這麼說，只是我知道她口是心非，她需要我幫忙。婆婆漸漸接受我是田所家的一分子，雖然我不可能把婆婆當成母親的替身，但我必須真心誠意地對待生命中的第二個母親，努力讓她高興，這是我今後的使命。

母親一定會看到我的這些表現，一定會為我感到高興。有朝一日，當我回到母親身邊時，她一定會摸著我的頭說：「妳太棒了。」我對此深信不疑。

但是，即使沒有回到母親身邊，我也能夠見到母親。

在手工藝課算命後大約一個月後。

敏子打電話來，邀我去看電影。某報社主辦了一場電影鑑賞會，她寄了明信片參加抽獎，結果抽到了三張電影票，於是問我要不要一起去。自從結婚前和田所一起去看了那場電影之後，就沒有再踏進電影院過。雖然我有點擔心婆婆，但偶爾出門一天應該沒有太大的問題，於是我答應了敏子。

敏子叫我不要告訴其他一起上手工藝課的人，所以我知道她最先邀請我，忍不住興奮不已。但是，既然有三張票，代表還會再邀另一個人，該不會是敏子的先生？

我有點擔心地問，她笑著說：「怎麼可能找老公嘛！和他一起去看以中世紀法國宮廷為背景的愛情故事未免太掃興了。」

她邀的另一個人是彰子。

我對婆婆說，要去參加婦女會當天來回的參觀活動。婦女會經常舉辦水耕栽培等新型農業設施，和婦女團體成立的農產品加工公司之類的參觀行程，由於每次都是包一輛遊覽車，所以經常因為人數不足，拜託我一起參加。

我對婆婆說，這次無論如何都無法拒絕。她不太高興地說：「隨妳的便。」但還是同意我去參加。

我沒有漂亮的洋裝，但穿上之前為了參加女兒中學入學典禮買的套裝，綁了一條絲巾，精心打扮後才出門。我和敏子搭公車來到鄰町的電影院，看到彰子在大廳等候。

「妳的衣服真漂亮，美女就算只綁一條絲巾，就與眾不同了。」

彰子一開口就稱讚我，我回想起以前和母親一起外出時，母親經常對我說的話。

——雖然有人說，女人的內心比外表重要，但如果衣著打扮很寒酸，就會連內心也變得很窮酸。不要只有外出時才化妝打扮，平時每天起床後就要化妝。打扮也不是要穿上晚禮服，即使只是穿普通的衣服，也要注意顏色和圖案的搭配，再用一些小飾品點綴，隨時思考目前的自己是不是很亮麗，否則就不配當一個女人。啊喲，妳今天也很漂亮，好像鮮花盛開的感覺——

名為「○○報社太太辛苦了感謝會」的電影鑑賞從早上十點開始，中午十二點多就結束了。難得出來一趟，大家決定吃完午餐再回家，於是去了電影院附近一家飯店的餐廳。這是我結婚後，第一次在這種地方吃飯。

田所有時候會突然想起什麼似的說：「偶爾去看電影吧。」但我覺得沒必要為了看一場電影惹婆婆不高興。無論看電影還是旅行，只要有和父母之間的快樂回憶就夠了。

沒想到和敏子、彰子共度的時光讓我發現，原來自己還可以這麼幸福。我驚訝不已，更覺得簡直像在做夢。

「雖然他們門不當、戶不對，真希望他們的愛可以開花結果。」「正因為最後沒有在一起，所以對彼此的感情才能變成永恆。」「我一開始就覺得她老公比較帥。」我們聊著對電影的感想，吃著在家裡從來沒有吃過的奶油義大利麵，真希望時間永遠停止在那一刻。

飯後喝咖啡時，再度提到了算命的事。敏子問我，有沒有把算命的結果告訴老公和女兒？我告訴她們，沒有向任何人提過這件事，因為太準了，反而有點害怕。

在說這些話時，我不由得思考，為什麼沒有告訴田所和女兒。姑且不談婆婆，我和田所、女兒雖然不至於心靈相通，但並不是完全不說話的冷漠關係。只是流產之後，田所不再提想要再生孩子的事，甚至不再碰我。

女兒在我面前愈來愈緊張，無論我找她說話，還是她和我說話時，都不敢看我的眼睛，而且說話也結結巴巴。去上手工藝課的日子，我經常請女兒幫忙洗碗、照顧婆婆，等我回家之後，立刻把作品拿給女兒看。

「真、真可愛。」

「大家說我顏色搭配得很漂亮，都讚不絕口呢。這是筆筒，妳可以放在書桌上。」

「可、可以送、送我嗎？謝、謝謝。」

她的回答讓我分不清她到底是真的高興，還是其實根本不想要。我完全猜不透她在想什麼，在手工藝課時的愉快心情一下子消失了。如果是我，一定會露出燦爛的笑容，用開朗的聲音表達內心的喜悅。聽一起上手工藝課的人說，她們回家之後，會和女兒一起動手做。

哇，好漂亮喔！這是怎麼做的？

如果女兒這麼說，我就可以對她說「那我們改天一起來做」。在她小時候，母親和我送給她很多親手製作的東西，照理說，到了她這個年紀，應該想要自己動手做，但她完全沒有繼承母親和我的這種基因，讓我煩躁不已。

如果我們母女兩人一起做手工藝，我就會很自然和她聊起敏子和上手工藝課的其他人的事。

今天敏子的姊姊也來了，還為大家算命。

是嗎？有幫我算嗎？

當然有啊。

她怎麼說？啊，等一下，我好緊張。

我在腦海中想像著和女兒之間的對話，漸漸覺得女兒說的話變成我說的，我說的話變成母親說的，然後，我突然想到一件事。

「可以請你再幫我算一個人嗎？」

「可以啊。」

彰子欣然應允，敏子從皮包裡拿出記事本和筆，我寫下了名字。彰子把手放在名字上對我說：

「這是妳母親的名字嗎？……我看到了櫻花。」

我確信彰子真的具備特殊的能力。彰子又接著說：

「妳母親很擔心妳，她是不是已經離開人世了？」

我頻頻點頭。彰子不僅可以瞭解母親的個性，甚至還知道她是否活著，以及現在想什麼。

「但是，她隨時都在妳的身旁守護妳……妳想聽妳母親的聲音嗎？」

我不知道這句話是什麼意思，轉頭看著敏子。

「上次的算命只是玩玩而已，不瞞妳說，我姊姊的能力很強，如果妳不相信，只會讓妳感到不舒服，所以也可以到此結束。」

「不，我想聽。」

我拜託道。敏子對著仍然把手放在紙上的彰子說：「姊姊，那就拜託妳。」

「妳真的很努力，這麼瘦弱的身體，一個人扛下了所有的痛苦，太了不起了。妳是媽媽引以為傲的女兒，但是，不要太操勞了，要好好保重身體……」

彰子放下手，重重地嘆了一口氣，喝了一口水。

「對不起，一次最多只能接收這麼多訊息。」

這樣就足夠了。沒想到居然還能聽到母親對我說話。雖然我內心始終相信，母親隨時守護著我，但有時候會感到不安，以為她去了遠方，再也看不到我，聽不到我的聲音了。沒想到母親繼續陪伴在我的身旁，用我聽不到的聲音，一直在鼓勵我。

我正想拿紙巾擦眼淚，彰子握住了我的手，正是她剛才放在母親名字上的那隻手。

「不必擦，讓眼淚流出來，這裡沒有人會責怪妳哭泣。」

她手上的觸感和溫度與母親的一模一樣。

隔週，敏子在沒有手工藝課的日子打電話叫我去她家。

由於是白天，我謊稱去農田，就走出了家門。彰子也在敏子家。

「其實，上次就想告訴妳……」

敏子吞吞吐吐地說了開場白，說了找我來的理由。彰子在之前算命的時候，發現了女兒的一些事情。

「我知道這麼說很失禮，但還是覺得應該確認一下，妳是不是和妳女兒的關係不太好？」

我不知道該怎麼回答。是指哪方面的關係？如果指的是心靈相通，可能無法說關係好，但女兒並沒有什麼不良行為。電視和報紙上經常看到一些孩子對父母施暴之類令人難以置信的新聞，如果是指這方面，我們並不算是關係不好。

但是，彰子之所以會問這個問題，一定是她感受到了什麼。

「妳從我女兒的名字中感受到什麼嗎？」
我居然很沒禮貌地用反問回答她的提問。
「我不太清楚具體的事，只知道妳遭遇了幾件不幸的事，和妳女兒有很大的關係。妳覺得有可能嗎？」
非但有可能，我遭遇的所有不幸都是來自她，但是，我很猶豫該不該說出來。我比別人得到了更多的愛，不希望別人覺得我是不幸的女人。這種自尊心阻止了我，但是，彰子察覺了我的想法。
「因為妳太善良了，即使這麼認為，也不會把自己的不幸責怪到他人身上，更何況是自己的女兒，更想要袒護她。我能理解妳的心情，妳的母性比別人強一倍，就像天使一樣。但是我並不是否定妳的女兒，只是看到妳女兒身上有不乾淨的東西，無法袖手旁觀。」
「什麼意思？是惡靈之類的嗎？」
我相信人有靈魂和輪迴轉世，但對幽靈抱有很大的疑問。無論是善靈還是惡靈，即使人死之後，靈魂仍然留在人間，肉眼也不可能看到，更不可能直接控制人的行為和思考。
母親的靈魂就在我身邊，但我從來沒有看過母親出現。如果母親的靈魂可以操控活著的人，我絕對不可能這麼不幸，至少不會失去小櫻。

「有很多人會產生這樣的誤解，其實並不是惡靈或是惡魔之類的東西，我們稱之為『靈能』，說得簡單一點，就是氣場。高興、悲傷、快樂、痛苦，雖然我們可以用言語簡單地表達這些感情，但悲傷到底是怎麼一回事？還有高興、快樂都一樣，我們為什麼可以感受到這些無色無形的東西？雖有亦無，雖無亦有，正因為如此，每個人都可以形成各種不同的靈能。只是妳女兒的靈能處於很不好的狀態，妳離她最近，所以她的靈能對妳的靈能產生了影響。尤其像妳這種感性豐沛的人更容易受到影響，全都獨自背負在身上。」

彰子的話完全說進了我的心坎，至今為止的一切終於有了合理的解釋，也終於知道母親為什麼會喪生了。之前住在山丘上的房子時，母親比我更具有豐富的感性，所以承受了女兒的負面靈能。母親用這種方式保護了我。

「有可以改善負面靈能的方法嗎？」

「有啊，只是無法立刻見效。敏子，妳把那個拿來。」

敏子立刻去隔壁房間拿來了白色小紙袋，彰子從紙袋裡拿出紙包。那是用紙包起來的藥粉。

「這是我的老師調和的，有點類似中藥。」

彰子提到了她的「老師」。

「我並不是原本就有這種能力，只是直覺比較敏銳而已。我二十歲結婚，五年後的一場車禍，奪走了我丈夫和孩子的生命，我自己也想一死了之。當時，有人向我伸出了一隻手，那個人就是老師。我跟著老師學習靈能後，開始可以慢慢看到一些東西。當然，和老師相比，我還差得遠呢。老師可以更清楚地聽到妳母親的聲音，如果妳有意願，可以透過老師讓妳和妳母親對話。」

「我也可以見妳的老師嗎？」

「這取決於妳。有很多人基於好奇心想要見老師，之前曾經有一段時間，有很多人都來見老師，還有媒體來採訪。有人說老師在詐騙，讓老師感到很痛心，說不想再和別人談靈能的事，即使看到災禍的徵兆，也不會告訴任何人。經過我們這些弟子的勸說，老師才終於願意向我們伸出手。所以，只要妳內心對老師有一絲一毫的猜疑，就無法見到老師。」

「那我該怎麼辦？」

「很簡單，只要實際感受老師的力量，就可以消除猜疑心。」敏子說。

然後，她告訴我，她自己也使用了這種藥。

敏子的大女兒在國中時，結交了一些壞朋友，整天夜遊、偷東西，敏子經常被叫去學校和警察局。無論敏子狠下心責罵，或是哭著懇求，她女兒都無動於衷，敏子甚至想要殺了女兒後再自殺。

那時候，彰子正在修行，住在離敏子很遠的地方，但憑著靈能察覺了敏子的打算。和老師商量後，請老師調製了這種藥。

敏子對女兒謊稱這是治青春痘的藥，讓她女兒每天服用一包。女兒漸漸和那些壞朋友保持了距離，開始用功讀書，目前正在東京一所知名的短期大學就讀，努力地學習英文，以後想當翻譯。為了向老師表達由衷的感謝，敏子之前曾經見過老師一次。

「因為使用了稀有的藥草，所以，即使是姊妹，也完全不能打折。老實說，的確有點心痛，但想到這是女兒和我兩人份人生的治療藥，就覺得一點也不貴……啊，這麼說，會讓妳知道我們家的經濟狀況。妳是大戶人家的媳婦，對妳來說，這點錢根本無所謂吧。」

敏子有點不好意思地說完，告訴了我藥的金額。一袋中有十包藥，一天吃一包，總共一萬圓，一個月就要三萬圓。內心的驚叫聲差點脫口而出，我每個月都過得捉襟見肘，哪裡有三萬圓的閒錢？

但是，正如敏子所說，如果可以因此讓女兒恢復繼承了母親和我基因的真正面貌，這筆錢也許真的不算貴。仁美每個月都會付我房租，憲子不來家裡之後，餐費稍微可以節省一點，所以也不是完全沒辦法。

而且，我可以聽到母親的聲音，和她對話，即使付一百萬也值得，到時候可以把母親的房子賣了。我暗自做了決定。

藥物在女兒身上呈現的效果很明顯。

她的成績原本在班上只有三十幾名，一下子進步到十名以內，還成為班委會的候選人，學校老師對她的評價也愈來愈好。她積極參加公益活動，深受左鄰右舍的好評。這種時候，我總是把手放在庭院的櫻花樹幹上向母親報告。

媽媽，女兒繼承了我們的血脈，漸漸恢復了原來的樣子，變成了一個好孩子。

我很想早日聽到母親的聲音。彰子每兩個月來敏子家一次，用姓名算命確認女兒的靈能漸漸淨化，並告訴我，母親為此感到欣慰。

在女兒開始服藥的半年後，她和我約定，下個月可以和老師見面。

我要和母親說什麼？我扳著手指期待和母親見面的日子，最後卻無法見到老師，甚至也不能再和敏子、彰子見面。

我向敏子買藥的事被婆婆發現了。

我聲稱這是治青春痘的藥，一個月只要三千圓，但還是無法騙過婆婆。她說敏子是騙子，喜歡接近遭遇不幸的人，騙對方花大錢買水晶球、印章和藥之類的東西。

婆婆不准我以後再和敏子見面，即使我偷偷和敏子見面，也無法瞞過她，因為左鄰右舍有很多人受過田所家的恩惠。只要我和敏子見面，她就要去報警。我當著婆婆的面打電話給敏子，告訴她，我以後無法再去上手工藝課了。

「妳婆婆說了什麼嗎？」

敏子立刻察覺到不對勁，但我只是謝謝她這段期間這麼照顧我，就掛上了電話。

「她得知妳流產，才覺得有機可乘，但才兩、三個月的胎兒，根本沒有靈魂之類的東西。這個世界上有很多女人和妳有相同的經驗，妳要靠自己的意志振作起來。」

到底是哪張嘴說出這種話？我真想用膠帶把她的嘴巴黏起來，但是，婆婆並沒有一味責怪我。

「會讓騙徒有可趁之機，代表我們這個家不夠團結，太丟臉了。從今以後，我們這些留在家裡的人要相互幫助。」

雖然我再度失去了重要的東西，但這次也有收穫。我這麼告訴自己。姑且不論是好是壞，是女兒讓婆婆得到了這個結論。

「我看到她在喝奇怪的東西才發現。雖然我無法接受黃豆粉要賣三千圓，但不妨慶幸在妳沒有花錢買更奇怪的東西之前及時發現。」

女兒向來連正眼也不看婆婆一眼，為什麼會在婆婆面前吃藥？為什麼告訴婆婆，是向敏子買的藥？難道她們兩個人勾結，耍什麼花招嗎？女兒果然繼承田所家的血脈。

但是，神父，我並不認為敏子在詐騙。我在前面也提到，彰子的能力千真萬確，即使現在，我仍然不時覺得如果婆婆再晚一點發現，我可以見到彰子的老師，不知道該有多好。

我真希望可以和母親說說話，然後……想到老師和彰子的話也許可以阻止未來會發生的不幸，雖然明知道後悔也沒有用，但還是忍不住想這件事。

女兒的回憶

我在黑暗中一直想手的事，不光是因為溫度和觸感的記憶，更因為在我的生活中，有很多充滿回憶的東西都是手工製作的。

母女裝、外婆給我的手提袋、爸爸做的菜、亨送給我的小鏡子、春奈做的餅乾……

從夢想之家搬到田所家後，媽媽完全失去了自由的時間，看到媽媽縫製坐墊套和桌布時，就會有鬆了一口氣的感覺。

在我上國中時，媽媽開始去上手工藝課。

每個星期二晚上，媽媽就去鄰居中峰太太家，回來的時候都會帶著手工藝品。媽媽一回家，會最先把作品拿給我看，告訴我哪裡很不好做、大家都稱讚她顏色搭配很漂亮，興奮地把手工藝課的情況告訴我，還把筆筒或是小置物盒送給我。我覺得又見到以前在夢想之家時的媽媽，很期待星期二的到來。

中峰太太就是在媽媽流產時，為她叫救護車的人，可能為了幫媽媽加油打氣，才邀她去參加手工藝課。我總是希望看到媽媽高興的樣子，整天絞盡腦汁思考怎樣才能讓媽媽高興，沒想到答案這麼簡單。因為田所家讓媽媽感到痛苦，所以只要讓媽媽外出走一走就好。只是承認這一點令人難過。

我從來沒有跟爸爸、媽媽一起去旅行過。以前住在夢想之家時，爸爸會心血來潮地帶上行李，開車帶我們出遠門。媽媽在田所家每天都累得筋疲力竭，假日的時候，我不敢開口要求帶我出去玩，所以只好問爸爸。爸爸一臉很受不了的表情說：「小時候不是經常帶妳去玩嗎？」但我的記憶中，完全沒有任何關於旅行的事。

真沒意思。聽到爸爸這麼說，我很生氣，於是問他，到底是西元哪一年的事？沒想到都是我出生後到三歲以前，住在夢想之家初期的事。如果有照片，或許可以重溫記憶，或是喚醒往日的記憶，但那場火災把所有的相簿都燒掉了。

到頭來，所謂的愛只是自私和自私之間的碰撞。

我希望媽媽開心，希望她多注意我，我希望能夠做什麼讓媽媽高興，讓她摸著我的頭說「謝謝」，希望她握我的手。上了中學之後，知道自己長大了，媽媽應該不會再摸我的頭了，但也因此更渴求媽媽溫柔的話語和笑容。我只是單方面渴求媽媽的愛，雖然我相信，只要我對媽媽付出愛，就可以得到媽媽對我的愛，但也許媽媽感受不到我付出的愛。雖然我整天想著要在家裡保護媽媽，但其實應該協助媽媽走出去。

有一天，媽媽去上手工藝課。平時我洗好晚餐的碗盤後，總是馬上回去偏屋，但擔心奶奶有事要吩咐，所以每次星期二的時候，在媽媽上課回來之前，都留在主屋。這麼做可能最能夠讓媽媽感到高興，所以她都把做的手工藝品送給我，絕對不是因為沒有錢幫我買新衣服，才送這些東西給我當作彌補。

我知道爸爸的鐵工廠岌岌可危。鐵工廠是我們這個小鎮的一大產業，班上有十多個同學的爸爸也都在那家鐵工廠上班。其中有三個同學都在這半年內，因為爸爸換工作而轉學了，其他幾個同學也經常在討論，搞不好鐵工廠在今年年底之前就會倒閉。

這些同學知道他們爸爸工廠的事，代表他們在家裡和爸爸談論這件事，代表他們被當成大人對待，讓我感到羡慕不已，所以也問了爸爸工廠的事。

「爸爸，你們工廠快倒閉了嗎？」

「別胡說八道，雖然經濟不景氣，但工廠沒這麼容易倒閉，況且還有工會。」

「工會是什麼？」

「妳連工會是什麼都不懂，就來問我嗎？主屋二樓的書架上有馬克思的《資本論》，妳去看看那本書。」

我以前看過漂亮的書架上放著世界思想全集，但我覺得那只是空有書的外形、擺著好看的高尚裝飾品，以為沒有人會去看那種書。

「但是，不能隨便去小律的房間啊。」

「她已經離開家了，那裡不再是她的房間。而且，那套全集是我在大學時買的。」

「那可以放在我們家啊。」

「沒必要，我已經全都看完了，放在家裡只會占地方。」

我從來沒有看過爸爸看書，聽了十分驚訝。雖然奶奶經常誇耀爸爸是K大學畢業的高材生，但他在鐵工廠當普通工人，我以為他讀大學時都在打混。以前我曾經問他，在大學都做什麼，他只回答我一句：「打麻將。」我還以為他真的整天都在打麻將。

原來我也不瞭解爸爸。於是，我決定先去看馬克思的《資本論》。

媽媽在家的時候，我不太想去二樓，特地選了媽媽去上手工藝課的時間，但又不想被奶奶發現後挨罵，所以請爸爸陪我一起去。

晚餐後，我們一起上了二樓，走進原本是小律的房間。爸爸打開書架的玻璃門，把馬克思的《資本論》拿了出來。我接過爸爸遞給我的書，從盒子把書拿出來翻閱著，想到爸爸還記得這本書上寫的內容，就覺得爸爸的表情有點酷。

「這是什麼？」

爸爸在小律房間內發現了異樣的東西。房間朝南的窗邊有一張小桌子，有一個直徑十五公分的大玻璃球放在金色坐墊上。

「律子喜歡占卜嗎？」

「不知道。但是，以前小律在的時候，我從來沒有看過這個東西。」

小律離家出走的那天，我也曾經走進這個房間，不可能沒有注意到這麼大的東西。

「是奶奶的嗎？」

爸爸把玻璃球連同坐墊一起拿去奶奶在一樓的房間，我也跟在爸爸後面。正在看電視的奶奶不耐煩地轉過頭，看到爸爸手上的東西，立刻大叫著：「你在幹什麼！」但爸爸完全沒有退縮。

「這是什麼？」

爸爸用平靜的聲音問奶奶。

「保佑平安的水晶球啊。」

奶奶開始滔滔不絕地說這顆水晶球多麼有價值，是向一位具有法力的老師買的，那位老師可以用姓名算命，看到遠方的人身上散發的靈能。只要放在律子房間的窗邊，律子的靈能就會聚集在這裡，可以看到律子目前的狀態。

當律子身體很好時，水晶球就會綻放出美麗的光澤，如果發生意外或得重病時，水晶球就會出現裂縫，或是變成黑色混濁的顏色……一聽就知道是胡說八道。

「太荒唐了，妳被騙了。」

爸爸很不以為然地說，然後從襯衫口袋裡拿出香菸點了火。奶奶口沫橫飛地向爸爸解釋，那個老師有多大的神力，就連他的弟子，只要把手放在某個人的名字上，就可以瞭解那個人的個性。老師說，高興、悲傷、快樂、痛苦這些感情無色也無形，雖有亦無，雖無亦有，一切都來自靈能。

原來如此。頭腦簡單的我忍不住聽得出了神，覺得很有道理。

「這是般若心經的翻版，妳向寺院捐了那麼多錢，和尚竟然連般若心經都沒有解釋給妳聽嗎？所謂用姓名算命，只是說一些可以套用在任何人身上的抽象內容吧？一定是有人知道律子離家出走，把妳當成了肥羊。」

奶奶似乎無言反駁，嘴巴一張一闔，但爸爸並沒有窮追猛打，把還剩下一半的香菸在旁邊的菸灰缸捺熄後，夾在耳朵上，轉身直視著奶奶。

「媽，我一直相信，妳是很聰明的人。我很會讀書這一點並不是像老爸，而是繼承了妳的基因。所以，我相信不用我多說，妳也應該瞭解了。」

爸爸沒有像平時一樣叫奶奶「娘」，而是叫她「媽」，雙手還用力放在奶奶肩上。奶奶輕輕點頭。

「即使不需要這種玻璃球，律子只要感冒了，就會回來投靠妳。她相信無論自己做什麼，妳都會幫助她，完全不認為自己擅自離家，妳會不接納她。她目前沒有消息就是好消息。」

為什麼爸爸不對媽媽也說這些話？我有點恨爸爸，還是說，媽媽流產後，爸爸曾經在我不知道的時候，也對媽媽說過這種溫柔的話？

奶奶聽了爸爸的話，連續點了好幾次頭，很快承認自己做錯了，不該這麼糊塗。她走去二樓的房間，把玻璃球放進木盒了，收進壁櫥裡，又恢復了以前的毒舌說：

「這種東西，連做泡菜時當壓石都不行。」

回到偏屋後，我問爸爸：

「你既然可以輕易說服奶奶，為什麼以前都不說呢？」

「如果那個玻璃球是別人送的，我就不會管這件事，但八成是奶奶花大錢買來的，誰知道以後還會買什麼奇怪的東西回來？妳不要整天頂撞奶奶，不必理她就好，遇到狀況時，稍微捧她一下就可以解決問題。」

「你可以教媽媽這種方法啊。」

「沒辦法。媽媽有一套自己的信念，覺得非要這麼做不可。如果告訴她，即使不必這麼做，也同樣可以達到目的，她會覺得否定了她以往的人生。」

也就是說，要讓媽媽繼續覺得她自己做的事完全正確。

「所以，不要對媽媽說，『農田的工作和家事都可以偷懶，不必聽奶奶的話』，而是要說『謝謝，媽媽真辛苦』，這樣她會更高興嗎？」

「妳很瞭解嘛。話說回來，如果這個家沒有媽媽，早就崩潰了。」

原來爸爸並沒有不關心家裡。「真是夠了。」爸爸好像完成了一項大工作似的拿下夾在耳朵上的香菸，點了火。那是我熟悉的爸爸。

「爸爸，你有對媽媽說這些話嗎？」

「即使不用說，她也知道。媽媽很聰明，也很有想像力。」

我接受了爸爸的看法，現在回想起來，發現我當時太天真了。我和爸爸應該對媽媽說這些話，應該告訴她，我們多麼愛她，多麼感謝她。

媽媽開始上手工藝課差不多一年的時候，為我買了治療青春痘的藥。她說，中峰太太的女兒也吃過這種藥，而且效果很好。把白色紙包裡的土黃色粉末倒進嘴裡後喝一口水，粉末立刻膨脹，喉嚨深處有一股豆腥味，很不好吞下去。媽媽問我：「味道怎麼樣？」我坦承地說出了感想：「不太好喝。」媽媽很不高興地說：「妳這個孩子……」

媽媽手頭不寬裕，還特地為我買了藥，我卻惹媽媽生氣了。之後，我一直乖乖吃藥，不再有任何抱怨，但我額頭和臉頰上的青春痘並沒有減少，反而愈來愈多。媽媽說，先要把身體裡的壞菌全部清除，只是我覺得如果媽媽想要買東西送我，不如買幾件新衣服。

對媽媽來說，這就是愛，只是對我而言，這是困擾。為什麼媽媽會覺得，只要送我東西，我就會感到幸福呢？但是，媽媽並沒有棄我不顧，在我上了中學之後，反而更關心我了。

媽媽要求我每次考試都要讓她看成績單，錯幾題就要被打幾次，一旦考了好成績，媽媽就一臉得意地說：「妳果然繼承了外公的血脈。」然後問我要不要自願參選班委會委員、要不要參加公益活動，雖然我覺得自己並不適合，但還是去參加了。媽媽在鄰居面前貶低我，稱讚別人的孩子，鄰居為自己的孩子感到驕傲。

我不喜歡妳的眼神、我不喜歡妳說的話、我不喜歡妳的聲音、我不喜歡洗碗時發出聲音……奶奶說我的時候，即使我會感到生氣，也不會沮喪，但被媽媽數落時，就很希望自己趕快消失。

這個世界上沒有人稱讚我。

這個世界上沒有人認同我。

我為什麼會出現在這裡？

我帶著這種心情照鏡子，就看到一張長滿青春痘的臉，很想一死了之。我從來沒有希望媽媽去死，也從來不覺得她討厭，只是討厭被媽媽討厭的自己。

怎樣才能讓媽媽認同我？我不停地思考這個問題。即使媽媽不認同我，至少我自己要認同自己，喜歡自己，要努力向自己喜歡的人學習。只要我能像媽媽一樣，就可以喜歡自己嗎？

然後，媽媽也會喜歡我嗎？

我希望媽媽愛我。無論怎麼樣，最後總是得出相同的結論。

手工藝課是媽媽唯一的樂趣，但上了一年半之後，她就不再去參加了。

我問媽媽為什麼不再參加了，媽媽無精打采地說：「每天下田工作已經夠累人了，晚上再出門就太累了。」我忍不住懷疑，是不是奶奶又說了什麼。

我在偶然的機會下，發現把青春痘的藥加在熱牛奶裡，再加一點砂糖很好喝，所以媽媽去上手工藝課時，我都這麼喝。有一次，奶奶剛好走進廚房，問我是不是在牛奶裡加了黃豆粉？我回答說，那是青春痘的藥，但她堅稱那是黃豆粉的味道。她試喝了之後，問我是哪裡處方的，我說是媽媽託中峰太太買的。

雖然我一度猜想會不會是因為這個原因，但馬上覺得奶奶不可能因為青春痘的藥就不讓媽媽去上課。如果是兩、三年前還有可能，奶奶如今可能發現自己的女兒都靠不住，還是必須依賴媽媽，所以現在對媽媽比以前好多了。

如果媽媽是自己不想去，我當然沒有任何話可說。不知道是不是因為媽媽不再和中峰太太聯絡了，我也不必再服用青春痘的藥了。反正完全沒效，所以我也沒什麼意見。

只要奶奶不欺負媽媽，我就不需要保護媽媽。我應該感到高興，卻不禁有點失落。

如果只有媽媽和我兩個人，媽媽就會需要我嗎？她就會愛我嗎？
我總是渴求媽媽的愛，所以才沒有發現。
我始終沒有發現媽媽不愛我的理由──

◇

若是別的瓶，可以裝酒，可以裝油，
裝在周圍繪著畫，空洞的瓶肚中。
但是，我更小更纖細，
是為了不同的需要，是為了盛裝滑落淚珠的淚瓶。
若是酒，會在瓶中更醇美；若是油，將在瓶中更清澄。
但淚水會如何變化？淚水使我沉重，
淚水讓我盲目，在彎曲的瓶肚發亮，
於是，我更加脆弱；於是，我更加空洞。

第六章

來吧，最後的痛苦

關於母性

「妳說的當事人是指母親，還是女兒？」

國文老師又向小律點了章魚燒當作最後一道菜後問我。小律向我確認：「要兩人份嗎？」我說要茶泡章魚燒，國文老師也改點和我相同的菜。

「我想知道母親的真心，但想和女兒談一談。」

「聽說那個女兒目前陷入昏迷，如果她清醒，妳想給她什麼建議嗎？」

「沒那麼誇張，只是想要告訴她，女人有兩種。」

「喔？哪兩種？天使和惡魔嗎？」

「我不相信這種肉眼看不到的東西，而是更簡單的存在，母親和女兒。」

「這種事，誰都知道啊。」

才不是這樣。大家都誤會了，以為誰都知道這種事。

「女人並不是生了孩子後，就能夠自動成為母親。母性並不是每個女人都天生具備的，即使沒有母性，也照樣可以生孩子。應該有不少人是在生下孩子後，母性才開始萌芽。相反地，有些人雖然具有母性，卻強烈希望只當別人的女兒，想要受到保護，在無意識中排除了自己的母性。」

「原來如此，妳說的母親和女兒，就是具有母性的女人，和不具有母性的女人。所以，那起事件中的母親說話有點奇怪，妳希望可以對那個自殺未遂的女兒說，即使很不幸地成為沒有母性的女人的女兒，也不必悲觀，對不對？」

「……原來可以用這麼簡單的方式表達。」

「兩位久等了。」小律把雙手拿著的兩個陶碗同時放在吧檯上，柚子風味的柴魚高湯加入排成像四片幸運草般的章魚燒內，又加入了大量鴨兒芹。

「看起來很好吃。」

「這樣吃也很棒，但建議你加一滴醬油。」

聽到我這麼對國文老師說，小律露出突然想起來的表情，對打工的男生說：「阿英，醬油。」那個男生冷冷地應了聲「喔」，把醬油瓶遞給小律。阿英。我看了一眼男生的臉，終於想起他是誰了。

「好，我會調查，但妳不要太累了，目前不正是關鍵時期嗎？」

「你發現了嗎？」

「我之前就隱約猜到了，但聽妳提到母性後，我才更加確定。因為妳自己也即將成為相同的立場，所以會特別在意吧。」

我不由得把原本捧著碗的手放在肚子上摸了摸。「很快就結束了。」我用手掌向肚子傳送意念。「慢慢來。」手掌感受到緩慢的胎動，似乎在這麼回答。

我和這個孩子怎麼可能會和那對母女有相同的立場——

母親的手記

神父——

我猜想大家之所以會誤以為我把女兒逼上自殺之路，不光是因為我在前面提到的，女兒不斷奪走我的幸福，更因為在女兒自殺未遂的同時，田所失蹤了。

而且，連仁美也不知去向。

田所和仁美外遇。女兒發現後曾經警告我，但我惱羞成怒，反而罵了她一頓。也許女兒知道田所和仁美私奔的事，卻故意不說。我發現了這件事，所以帶著恨意殺了女兒，並偽裝成是女兒自殺。

即使我整天關在家裡，仍然可以聽到類似的傳言。三流女性週刊雜誌發揮了高度的想像力，描述了那天晚上發生的事，好像他們在一旁親眼目睹。

如果我不澄清，就等於默認了那些傳聞。我忍著極大的痛苦，站在守候在家門口的記者面前，告訴他們，我盡己所能地疼愛女兒，悉心照顧她長大。但每當我提到「愛」這個字眼，他們就露出掃興的表情，在心裡盤算著要如何編織聳動的故事。

但是，我並沒有告訴記者，我的母親曾經用自己的生命保護女兒。那些記者根本不瞭解什麼是愛，即使告訴他們在那個颱風天發生的事，也沒有一個人能夠想像母親對延續生命的想法、心理準備，以及我的決心。我不能讓他們說出是因為女兒的關係，導致我無法救母親，多年的積怨終於爆發這種不堪入耳的話。

神父，那個颱風天的事，我只告訴您……不，我還隱瞞了一件重要的事。

雖然我相信神父能夠瞭解，我不可能對女兒做出類似復仇的可怕行為，但無論如何，都無法寫下來。不過，我現在必須鼓起勇氣告訴你。但是，在此之前，我必須寫下我對田所的想法。

寫下我對心愛的丈夫的想法——

和田所結婚十八年，他從來沒有對我說過「我愛妳」這三個字。但是，我相信只有我知道，他不擅長說這種話，他會把深沉的感情放在內心深處最重要的地方。

語言到底是為什麼而存在？對我來說，語言的存在，是為了傳達想法，為了瞭解想法，把無形的想法變成有形而存在，對大部分人來說，應該也是如此。但是，最近這一年，我知道對田所而言，語言有著不同的意義。

語言是為了戰鬥而存在。

律子離家出走，憲子也離開了，公公去世，偌大的房子內只剩下婆婆獨自住在主屋，我成為她唯一的依靠。我們婆媳相處的時間很長，她開始告訴我一些往事。都是關於她的兒女年幼時的事。談到律子和憲子時，都是身為母親盲目的驕傲。我露出認真的表情附和著，其實都左耳進，右耳出，只有對田所的事聽得特別仔細。

我老公只要稍不順心，就會破口大罵，同時出手打人。哲史一歲多的時候，好不容易扶著紙拉門站了起來。照理說，身為父母，應該為兒女的成長感到高興，但我老公完全相反。他看到紙拉門上的紙被戳破，一個巴掌打在哲史的頭上。

他對一歲多的幼兒下手都這麼重，當哲史長大後，他的暴力行為也愈來愈嚴重。即使我抱著他的大腿，懇求他不要動手，他也完全不理會。我問他，哲史到底哪裡惹他討厭？他理所當然地回答，他不是討厭哲史，而是因為哲史是田所家的繼承人，必須這麼嚴格教育。

只是我無法接受。丈夫從小並沒有在這種嚴格的環境下長大，他是五個兄弟中的老么，他的父母連同戰死的幾個哥哥的份，對他備加疼愛，但如果我這麼說，很可能和哲史一起慘遭他的毒手。我只能心灰意冷地面對現實，他從小被慣壞了，所以一直無法長大。

我唯一能做的，就是偷偷給哲史吃點心，為我這個母親無法保護他而道歉。哲史總是露出平靜的微笑回答說，他沒有問題，然後分一半點心給我說，我們一起吃。

哲史很善解人意，只是我認為他承受了這麼殘酷的折磨，正常人不可能一笑置之。我曾經很不安地想，是不是哲史經常被打頭，大腦的機能出了問題？

在他上小學時，我發現完全是杞人憂天。哲史所有的科目都成績優異，是老師眼中的神童。

丈夫雖然在外人面前吹噓這件事，但可能心裡覺得不痛快，經常為一些芝麻小事找哲史的麻煩，比以前更常打他。丈夫的幾個死去的哥哥都很優秀，丈夫的能力卻是水準以下，也許看到父母為幾位哥哥的死嘆息，內心產生了不必要的自卑感。但是，哲史是他的兒子啊。

小孩子弄髒鞋子、不小心打翻味噌湯都是很正常的事，有時候只是因為丈夫自己心情不好，聽到哲史走路的聲音，也會說他太吵，揮起拳頭就揍人。我和哲史只能認命。

但是，哲史並不是聖人。在聽到鄰居太太聊他們家的孩子時，我帶著既害怕，又有點期待的心情，覺得哲史總有一天會反抗。然而，即使他上了中學，讀了高中之後，仍然沒有任何徵兆。

相反地，他上國中後參加了美術社，變得沉默寡言，我有時候甚至懷疑他是不是不會說話了。他在院子裡畫畫時，我就覺得他和周圍的樹木同化了。

每次看他的畫，我的心情就格外沉重，我相信他把對父親的不滿都封閉在畫中。但他的畫每次都得獎，所以可能是我想太多了，別人更能夠瞭解他畫作的意境。

我很希望他可以成為在世界各地遊走的畫家，而不是把他叫回這種鄉下地方——

婆婆的回憶每次都到這裡結束，下一次又從頭說起，所以我可以毫不費力地回想起這些內容寫下來。

聽了婆婆的話，我忍不住思考，這些話的可信度到底有多少。因為婆婆口中的公公，和我所瞭解的公公形象落差太大了。公公雖然會在吃飯時，和婆婆為寺院的捐款金額爭執，但從來沒有看到他有破口大罵之類的粗暴行為，更無法想像他會動手打人。

公公也不曾在我的面前對田所惡言相向。

但是，婆婆的話也並非完全無中生有。

田所整天表情陰沉，或許就是因為從懂事之前，就持續承受了父親的暴力。他每次看到父母吵架都袖手旁觀，或許是因為知道自己插嘴，只會更激怒父親。聽了婆婆的話，終於瞭解了許多以前對田所感到不解的問題。

同時，也終於能夠隱約體會，田所在結婚前說的「美麗的家」所代表的意思。無論田所的家，和位在山丘上的房子，院子裡都有四季花卉綻放，但是，田所說的「美麗」並非指這件事。

我猜想他指的是家人心靈關係的美麗。如果他追求的是一個沒有暴力行為和怒吼，心靈可以得到充分放鬆、能夠解放自我的地方，那麼，位在山丘上的房子無論對我或對田所而言，都是理想的家。

我們曾經打造了一個「美麗的家」。

失去山丘上的房子後，田所又是帶著怎樣的心情回到從小長大的環境？我以為他回到熟悉的環境後，生活從此無憂無慮，因為對我來說，我的娘家就是這樣，但也許田所回來之後，也感到無法呼吸。

既然這樣，住在山丘上的房子時，他不時暗示我們要搬回老家的言論就有點前後矛盾。但也許是暴力建立起他身為長子的責任，讓他說了這些事，也可能是因為婆婆請他來說服我，他意興闌珊地轉達了婆婆的想法。

還是說——他內心抱著期待，認為曾經和我在山丘的房子建立起「美麗的家」，所以只要和我在一起，就可以把田所家也變成「美麗的家」？一定就是這樣。

果真如此的話，這十二年來，田所一定對家庭不斷感到失望。

所以，他才會把那天宛如惡夢般的事告訴女兒，然後消失不見嗎？

神父，我終於要開始寫女兒自我了斷那天的事了。

那天，女兒晚上十點多才回家，她以前從來不會事先不打招呼就這麼晚回家。我之前就隱約察覺，她經常和男生約會，我不禁失望不已，為什麼一個女孩子行為這麼不檢點？和男生約會並不是壞事，我在讀高中時，也曾經有好幾個交情不錯的男同學，在放學後，經常一起去圖書館看書或是去看電影。

我會把所有的事都告訴母親，徵求母親的同意後才去。對方的姓名、住址、性格、我們經過怎樣的過程變成好朋友，完全沒有任何隱瞞，如果母親想見對方，我就會邀請對方來家裡作客。有些男生不想和我的家人見面，我就立刻和他斷絕來往。母親見了之後，覺得不妥當的男生，我也會拒絕和對方繼續交往。

但是，女兒連要好的女生也從來不介紹給我認識。讀小學的時候，當她和不幸的同學當好朋友時，我還很支持她，但因為監視律子失敗，無法邀請那個同學參加慶生會後，她從此沒有在我面前提起過任何同學。

不光是朋友，她完全不告訴我在學校做什麼、對什麼事有興趣。上了中學後，她參加了美術社，在高中時加入了英語研究社，也從來不告訴我社團活動的內容。

媽媽，妳聽我說！

我以前每天放學回家，就會看著在廚房忙碌的母親背影，把一天發生的事都告訴她，也向母親傾訴了青春期特有的煩惱。

媽媽，我現在為什麼會在這裡？

我曾經很認真地當面問母親。

因為妳挑選了爸爸和我，所以現在才會在這裡啊。

母親露出溫和的笑容回答。

是我挑選的？

我想像著來到人世之前，還沒有身體，只有靈魂的自己，被帶去一個房間，牆上有一整排夫妻的照片，上帝問我想要成為哪一對夫妻的孩子。是我看了那些夫妻的照片後決定的嗎？不，我相信我一定問了上帝：「哪一對夫妻最愛我？」

於是，上帝輕輕指向一張照片，那正是眼前的母親，和坐在客廳看英文書的父親。我想像著這樣的畫面，又繼續問母親：

你們被我選中，有沒有感到後悔？

神父，我不用寫出母親是怎麼回答的，您也可以猜到吧？孩子無法選擇父母。我們面對不幸的孩子，經常會說這句話，但是，我向來相信母親說的話，認為是自己挑選了父母，認為我的女兒也是自己挑選了父母。

正因為這樣，女兒沒有按照我的要求成長，我也覺得那是女兒與生俱來的特質，並不是我的教育方式有問題。

即使她不告訴我，但是生活在相同的屋簷下，我也可以從她接電話的方式、說話方式和出門的服裝察覺她有沒有男朋友。但她每天都在天黑之前回家，所以我也假裝什麼都不知道。

但是，那天到了吃晚飯的時間她還不回來。我決定等她回來後，要好好地說她，之後我就像平時一樣陪婆婆。

九點半之前，我都在主屋陪婆婆，然後才回到偏屋，獨自看著電視。這一年來，田所經常加班，經常在半夜十二點左右才回家，但都是做白工，完全沒有加班費。如果拒絕加班，可能會被公司開除，我也因此知道現在經濟多麼不景氣。

我以前當事務員的時候，每天去上班，和同事聊天到下班，領的薪水也和田所目前的相差無幾。

婦女會的有些成員不時抱怨老公都不幫忙做家事，我覺得難以想像。老公外出上班很辛苦，為什麼回家還要幫忙做家事？而且，那些抱怨的人都是專職家庭主婦，家事就是她們的工作，居然還要老公幫忙。我完全無法理解。

男人進廚房是恥辱。我想起之前住在山丘上的房子時，我曾經興奮地向母親報告田所下廚的事，母親面露難色。這麼一想，就覺得現在的我取決於父母的教導……但是，女兒的成長為什麼無法如我所願呢？

母親在我身上投入多少愛，我就投入了多少愛在女兒身上。

我把母親為了讓女兒活下去而失去生命的事實藏在內心深處，完全不讓女兒察覺曾經發生過這種事。無論我對女兒多麼生氣，都絕對不能提這件事。我曾經想像著有無數根細針扎在喉嚨，把這些話吞了下去。

因為我知道，女兒一旦知道這件事，就會受到傷害，就會自責不已。

沒想到——

女兒在十點多回家時，進門時沒有說「我回來了」，就來到客廳門口。我猜想她是因為心有愧疚，所以沒有走進來，而是屏住呼吸站在門口。我決定用溫柔的語氣對她說話，如果一開始就大聲斥責她，她可能會直接躲進房間，這麼一來，我根本不知道她去哪裡，到底幹了什麼。

我擠出笑容，仰頭看著站在那裡的女兒，不讓她察覺我內心的怒氣，但隨即倒吸了一口氣。她的雙眼又紅又腫，甚至不知道她的眼睛是否張開。我以為她被蜜蜂叮咬了，但女兒的雙手沒有碰眼睛，而是垂在身體兩側，眼睛似乎並不痛。

難道是和男生分手了嗎？一定是這樣。於是，我打算安慰一下失戀的女兒。

「妳回來啦。今天這麼晚，是和同學一起出去嗎？」

我沒有問她為什麼雙眼紅腫，而是對她露出笑容。淚水從她好不容易張開一條縫的眼中流了下來。

「妳怎麼了？不要站在那裡，過來坐吧。我正想泡茶，妳要嗎？要不要喝奶茶？我之前在教會的市集買了餅乾……妳吃過晚餐了嗎？」

女兒沒有擦眼淚，也沒有回答我，既沒有點頭，也沒有搖頭，只是目不轉睛地看著我。看到她對這段戀情這麼投入，受到這麼大的打擊，我很想溫柔地把她抱在懷裡。

「總之先坐下吧？」

我又說了一次，她向前走了兩、三步，跪坐在我面前。她似乎對我感到愧疚，她該不會要向我坦承很可怕的事吧？我想起婦女會開會時，曾經聽說誰家的女兒懷孕的消息，不由得感到不寒而慄。

無論她說什麼，我都不能慌張。我這麼告訴自己，坐在原地，轉身正視著女兒。

「發生什麼事了？」

我微微收起笑容問道。女兒垂下雙眼，不敢正視我。她擦著眼淚，用力呼吸，好像在克制嗚咽。然後，她終於開口問我：

「外婆是為了救我而自殺，真的是這樣嗎？」

我覺得後腦勺好像被人重重地打了一下。我拚命眨眼，眼前不斷閃爍，好像快暈過去了。心臟激烈跳動，外界的聲音好像被吸入耳朵深處，完全聽不到了，劈啪劈啪的火燒聲音在耳朵深處甦醒，我聽到了母親的聲音。

拜託妳，聽我的話。比起救我，我更樂於看到自己的生命向未來延續，所以——不要，歐卡桑，不要說這種話。十多年前的事好像再度發生在眼前，母親的話清晰地甦醒。

「有妳這個女兒，我真的很幸福。謝謝妳，從今往後，把妳的愛給女兒，盡己所能地疼愛她，悉心照顧她長大。」

然後，那一幕——

為了讓我營救女兒，為了讓我成為真正的母親——

母親咬舌自盡了。

母親的生命從我眼前消失的瞬間，聲音和色彩都一起消失了，只有母親臨終的話不停地在我的腦海中打轉。

把妳所有的愛都給那個孩子，盡己所能地疼愛她，悉心照顧她長大。

那個孩子、那個孩子，那個孩子是誰？我用力張開眼，看到女兒的臉出現在眼前。

「外婆是咬舌自盡的嗎？」

沒錯，就是這個孩子。

「對不起，對不起，對不起……」

我的臉皺成一團，忍不住乞求著原諒。我必須愛這個孩子，必須告訴她，我愛她，但是，我無法說出口。我不知道該怎麼呼吸，呼吸愈來愈急促，忍不住想要嘔吐，好不容易才吸入些許空氣。我伸出雙手，想要用力抱住女兒。

然後，我連同身體內所剩的空氣一起擠出了這句話。

「我愛妳。」

但是，女兒並沒有感受到我的想法。不，也許正因為感受到我的想法，才發現自己奪走了我多麼寶貴的東西，決定以死來償還。

神父，您應該已經知道了，女兒選擇了院子的枝垂櫻，試圖上吊自殺。

女兒用力推開我想要抱她的手，衝回了自己房間。雖然覺得應該去追她，但我沒有力氣站起來，也想不到該對女兒說什麼。我茫然地看著仍然殘留著女兒觸感的雙手，思考著怎麼會發生這種事。

田所還沒有回來，我感受著孤獨，不知不覺睡著了。

我聽到外面的驚叫聲，猛然醒了過來。

「妳在幹什麼！」

我聽到婆婆的聲音。那不是她在回首往事時的柔弱聲音，而是像在怒斥好幾十個人，或是和公公激烈爭吵時的激烈聲音，撕裂了寂靜的空氣。我跳了起來，外面傳來樹枝搖晃的沙沙聲。難道有小偷闖進家裡？我穿上拖鞋，慌忙衝了出去。

黎明前的昏暗燈光中，我看到婆婆出現在枝垂櫻的樹下。她癱坐在地上，旁邊還有另一個影子。我女兒躺在那裡。

「妳不要發呆，趕快叫救護車。」

婆婆對我說道，但我看到女兒無力躺在地上時，兩隻腳就不聽使喚，站在原地動彈不得。

「在緊要關頭嚇成這樣，妳還算是母親嗎！」

婆婆站了起來，跌跌撞撞地衝向主屋。我邁著沉重的步伐，一步、兩步走到女兒身旁蹲了下來，用手撫摸著她的臉頰。她的臉頰很冷，我太害怕了，不敢把手移向她的鼻子和嘴巴。

女兒的身旁放著裝了收成蔬菜的黃色塑膠箱，塑膠箱的底朝上，可以讓人踩在上面，被折斷的櫻花樹枝落在塑膠箱上，有一根繩子繞在樹枝上。

為什麼要這麼做！

我緊緊握著女兒的手，叫著她的名字。

「清佳！」

我在叫著她的名字時突然想到，她的名字叫清佳。

女兒被救護車送到了醫院，雖然撿回了一命，但還沒有清醒。警方當初認定女兒是自殺，我也深信不疑。

但是，不知道為什麼，有一天突然開始懷疑是我把女兒逼上了絕路。

應該是女兒臨終遺言的關係。警方在女兒房間和枝垂櫻的周圍展開搜索，沒有找到遺書，但在女兒書桌最上面抽屜中發現了一本筆記本，上面抄寫了里爾克的詩，在最後一頁，寫了這樣一句話。

「媽媽，請妳原諒我。」

這顯然是女兒的遺書，根本無法成為懷疑我想要殺女兒的證據。

媽媽，請妳原諒我。這句話應該指的是導致母親失去生命這件事。我害怕這樣的結果，所以始終對她隱瞞母親去世的真相。難道大家誤以為我故意告訴女兒這個事實，把她逼上死路，所以才說我殺了女兒嗎？

但是，關於這件事，我也感到不解。女兒怎麼會知道我母親去世的真相？這個世界上，只有我一個人知道這件事，就連田所也不知道。

在女兒被救護車送到醫院後幾個小時，田所也趕到了醫院。

他問我，到底發生了什麼事。我告訴他，女兒想在院子裡的櫻花樹上吊自殺，被婆婆發現，及時把她救了下來。還告訴他，女兒不知道為什麼會得知十二年前的那場颱風導致土石崩塌，之後發生火災時，我母親為了救她而捨棄自己生命的事，可能為此感到自責。

田所聽完之後對我說：

「這件事她應該早就知道了。」

田所不知道母親自殺這件事，以為我在那場火災中，先救了女兒，導致母親被火燒死，然後女兒也知道這件事。

我決定把母親咬舌自盡的事告訴田所。為了讓自己不後悔當初救女兒這件事，為了以後能夠繼續愛女兒，我告訴他，當初母親為了救我們的女兒，捨棄自己生命，也告訴他，我一直向女兒隱瞞了這件事。

田所一如往常地露出不知道在想什麼的表情聽我說話。這種時候，真希望他能夠說些什麼，希望他可以告訴我，這不是任何人的錯，希望他告訴我，女兒一定會醒來。

但是，田所沒有對我說任何溫柔的話。

「我回去洗個澡再來。」

田所說完這句話就離開了，從此不見蹤影。他的確回過家，在偏屋一進門的地方，掛了一幅畫。那幅紅玫瑰的畫之前被掛在山丘上房子的玄關，不知道那是當初房子燒毀時唯一剩下的，還是田所重新畫的。

也許女兒並非不知道那個颱風夜發生的事，只是暫時失去了記憶，然後，她的記憶甦醒了……雖然我想到了這個可能性，卻無法向她確認。

只有一件事我很確定。

女兒連同里爾克的詩，留下了臨終遺言。

田所消失了，留下了那幅畫。

在山丘上房子的美好記憶，維繫了我們這個家。

神父，即使可以讓我完成一個心願，我也不希望重回山丘上的房子，一家三口繼續生活。我想要回到更久之前，和父母共同生活，身為他們女兒的日子。

不，如果可以讓我完成一個心願……

我希望可以讓我心愛的女兒早日醒來，希望我偉大的母親用生命保護的這個生命，可以重新綻放光芒，可以綻放成美麗的花朵。

女兒的回憶

「比起媽媽，我比較喜歡爸爸。」

亨的妹妹春奈說這句話時的態度很理所當然。當我問她理由時，她回答說：「媽媽總是以哥哥為優先，但爸爸總是以我為優先。」然後又說：「如果是獨生女，就可以同時得到爸爸和媽媽的疼愛，真羨慕。」我只能苦笑以對。

我發現一件事，原來父親也會疼愛兒女。

田所家的想法都很傳統，以前我們住在山丘上的房子時，就是男主外、女主內。我擅自以為「女主內」就是包括育兒工作，一直以為爸爸很少陪我是很天經地義的事。

爸爸是否只要出門賺錢就好？並不是這樣，爸爸必須保護媽媽，而媽媽保護我這個女兒。但是，即使媽媽被奶奶和姑姑欺負，爸爸也完全不保護媽媽，甚至視而不見，所以我無法原諒爸爸。

如果爸爸好好保護媽媽，媽媽或許會更關心我。

即使這樣，我也從來不覺得爸爸對媽媽不好，甚至因為某件事得知爸爸對媽媽的感情深厚，從此對爸爸刮目相看。

我發現了爸爸的日記。

讀中學時，我以為只要看了爸爸推薦的那本馬克思的《資本論》，就可以稍微瞭解爸爸，於是拚命看那些費解的內容。但愈看愈痛苦，而且看了之後，也完全沒有預感可以看到父親的身影，乾脆把書塞進了書桌抽屜深處。三年後，老師在社會課上提到《資本論》時，亨產生了興趣，所以我就借給他看。我對亨說，希望他可以告訴我，是哪一種類型的人會支持這些理論。我以為亨也會很快放棄。

但是，亨沒有放棄《資本論》，還不時告訴我，這本書很有意思。看到亨在下課時也很熱心地看《資本論》，內心忍不住有點懊惱。

我當時還是中學生，所以看不懂，也可能是興趣不同。只是對我來說，沒有興趣的不光是經濟，也包括了爸爸。

如果是媽媽推薦的書，我會這麼輕易放棄閱讀嗎？為了能夠和媽媽一起討論，我或許會努力理解內容，試圖瞭解是哪些部分觸動了媽媽的心弦。

關掉電視，泡了紅茶後，我會和媽媽面對面坐在小桌前討論這本書。我這麼認為，媽媽，妳認為呢？

如果能夠擁有共同的想法，一定會感到高興；即使有不同的想法，也會討論為什麼會有這些想法，我或許可以瞭解之前所不瞭解的媽媽。

當我們回過神時，會發現窗外的天色已亮，雖然覺得不睡覺就去上課太累人，但內心一定很充實。媽媽會建議我稍微睡一下，但一旦上床睡覺，聊了一整晚這件事就會變成一場夢，我一定會穿上拖鞋，走出屋外。

也許那一刻，我眼中的景色會稍有不同。如果能夠覺得那些好像為了折磨媽媽而存在、修剪得很好的樹木、花草，就像在山丘上房子綻放的花朵一樣美麗，不知道有多麼幸福。

當我在思考這些事時，突然覺得爸爸或許也有相同的想法。如果亨是田所家的孩子，爸爸和亨就可以實現我的想像。

爸爸想要有一個兒子。兒子和女兒不都一樣嗎？我曾經覺得自己的存在被爸爸否定，媽媽現在仍然不時會說，因為她沒辦法生兒子，把自己說得好像是一個瑕疵品。這件事令我感到難過，雖然我可以讓自己的行為舉止像男生一樣來表達自我主張，但應該沒有人期望我這麼做。

因為感情衝動而出言不遜，完全就是女人的行為。爸爸或許是因為失望，所以才沒有幫我。

沒什麼好說的。爸爸這種不願面對的態度，也許更讓媽媽深受無謂的罪惡感折磨。

我希望和爸爸好好談一談，這樣就可以讓媽媽在田所家過得稍微舒服自在一點。但是，我無法馬上要求亨把《資本論》還給我，所以我決定看看其他書。我想先看一些比較淺顯的書，於是向社會科的老師請教，有什麼推薦的理論書籍。老師問我：「妳對哪方面有興趣？」

被老師這麼一問，我才發現之前從來沒有任何關於未來的夢想。

我從來沒有想像過自己長大的樣子，也幾乎沒有去想過世界上到底有哪些工作，只覺得自己應該只能當上班族和老師，但對公司的概念很模糊，所以如果要回答，還是說老師比較妥當。於是，我對老師說，對教育方面有興趣。

也許爸爸看穿了這樣的我，所以才看不起我。

社會科的老師推薦了盧梭的《愛彌兒》。

我很想問爸爸，家裡有沒有《愛彌兒》這本書，然後請他陪我一起去主屋的二樓找這本書。但那一陣子爸爸都很晚回家，那天晚上都九點多了，仍然沒有回家。聽媽媽說，因為經濟不景氣，所以爸爸都在工廠無薪加班，我也就相信了。

我躡手躡腳地走上樓梯，以免被媽媽和奶奶發現。我走進以前小律住的房間，打開書架的玻璃門，立刻找到了《愛彌兒》。書架上還有日本文學全集和近代美術畫集，以及一些已經看不清書名的舊書。

我拿起一本應該在購買時就是舊書的書，發現是《里爾克詩集》。我有一種預感，以前住在山丘上的房子時，爸爸和媽媽看著夕陽朗誦的詩句，可能就是出自這本書。旁邊有一本封面上也沒有任何字的書，打開一看，發現直線條的紙上寫著四四方方的字。

那是爸爸的日記。

雖然我們是父女，但我可以看爸爸的日記嗎？我只煩惱了三秒鐘，立刻把《愛彌兒》、《里爾克詩集》和日記本一起塞進開襟衫內，匆匆回到了偏屋。回到自己房間後，把這些書一本一本拿出來。

我最在意的當然是爸爸的日記。

「媽給了我一千圓，叫我去買高中入學紀念禮物，煩惱之後，決定買這本日記本。我很想每天寫日記，又覺得我每天的生活中，並沒有太多值得記錄的事。」

爸爸的日記從這篇文章開始。第一個星期每天都寫日記，但不知道是否像原本所擔心的那樣，並沒有特別值得記錄的事，寫日記的間隔漸漸拉長，最後一頁的日期距離第一次寫的日期已經過了十年。

爸爸的文章很容易閱讀，沒有誇張的比喻，也沒有擬聲詞或是擬態詞，我只花了一個晚上，就瞭解了爸爸十年的生活，那是我人生中對爸爸最親近的一刻。

「我的世界沒有色彩。」

爸爸在高中二年級的某一天寫的日記以這句話開頭。我從之前的日記知道，從爸爸懂事時開始，爺爺就對爸爸施暴。我只看過爺爺為了要捐多少錢給寺院和奶奶激烈爭執，從來沒有看過爺爺打人，一開始難以想像。但是，爸爸寫的內容中並沒有怨恨的字眼，只提到被打這件事，讓我覺得應該是事實。

「一旦反抗，會挨更多拳頭。我可以忍受挨打，但必須阻止他對媽和妹妹動粗。」

爸爸在這個家裡抹殺了自我。

爸爸上了大學後，終於離開了這個家，也擺脫了暴力。他投入學生運動，好像要宣洩十幾年來壓抑在內心的情緒，但是，爸爸的世界仍然沒有色彩。

他原本打算在東京當報社記者，但爺爺命令他回老家，爸爸就乖乖聽從了。爸爸好不容易擺脫了暴力，為什麼又決定回到這個家裡？

「到處都可以成為戰場。」

雖然爸爸充滿鬥志地回到了鄉下，但等待他的是可以輕易摧毀年輕人夢想和思想的封建社會，這個家正是封建社會的中心。爸爸把這份絕望封印在繪畫中。

充滿色彩的無色世界。

和媽媽的相遇，讓爸爸的世界出現了色彩。

「看到映在她眼中的玫瑰，我第一次知道原來玫瑰這麼美。我很希望和她一起共同打造充滿鮮豔色彩的美麗家庭。」

日記用這句話當作結尾，最後還寫了里爾克的詩〈愛之歌〉。不知道是因為這是最後一頁，還是不需要再把鬱悶壓抑在內心，但不難想像，在這之後，爸爸就和媽媽一起在山丘的房子展開了共同生活。

美麗的家。對爸爸來說，那個家也是重要的地方，而且，媽媽對爸爸來說，是無可取代的人。

我一直希望看到媽媽溫柔的笑容，希望媽媽摸我的頭，握住我的手。我總是帶著這樣的心情看媽媽，但仔細一想，發現我想不起來媽媽是用怎樣的表情看爸爸。只不過他們睡在同一個房間，爸爸應該比我更能夠感受到媽媽的體溫。

想到山丘上的房子時，我突然產生了一個疑問。對爸爸來說，現在這個家也是美麗的家嗎？爺爺死後，沒有人再壓抑爸爸，對爸爸來說，奶奶是需要保護的人，媽媽是他奉獻〈愛之歌〉的對象，院子裡有四季盛開的鮮花。

但是，對爸爸來說，只有山丘上的房子才是美麗的家。

我告訴亨，我發現了爸爸的日記。亨好奇地問我，上面到底寫了什麼，好像發現的是他爸爸的日記。雖然亨是我最信任的人，但我無法把爺爺會施暴的事告訴他，只是簡單地說了爸爸大學時代的事。

爸爸在咖啡店打工、咖啡店老闆教他彈吉他，然後，他參加了抗爭。

亨對爸爸參加抗爭這件事產生了興趣。我在看日記時，也對這個部分感到興趣。

通常都稱為「學生運動」，我曾經看過向國家權力宣戰的學生戴上安全帽，手持木棒的照片，但也只有這種程度的瞭解。

「他們到底向國家權力的什麼宣戰？」

亨這麼問我，但爸爸的日記上只寫了「現在正是站起來的時候」、「未來掌握在我的手中」之類抽象的內容，不知道他們具體在反抗什麼。

我和亨一起去圖書館查了資料，沒有任何文獻明確記錄那些學生到底想要幹什麼，只能從幾張資料照片中，看到寫在抗議牌上的內容。

反對日美安保、反對越戰、反對醫學院學費上漲、反對〇〇學生宿舍遭拆除——

「應該什麼都可以吧。」

亨小聲嘀咕，我用力點頭。雖然中東國家正在發生戰爭，但我無法想像自己三年後，在和爸爸寫日記時相同的年紀時，會高舉寫著「反對戰爭」的抗議牌，也無法想像自己反對漲學費和拆宿舍的事。

因為在我身邊，就有需要抗議的事。

雖然每天都看得到媽媽，但有時候看到媽媽的背影時會忍不住感到畏縮。曾經細得讓人擔心，只要用力撲上去，就會不小心折斷的柳腰已經不復存在，如今腰部周圍積滿了贅肉。原本挺拔的後背也開始歪斜，很難找到中心線的位置。

這並不奇怪，因為媽媽不僅一肩挑起農活，還要獨自照顧因為精神耗弱而整天躺在床上的奶奶。媽媽不喜歡我幫忙她家事以外的工作。我在高中時，參加了英語研究社這種幾乎很少舉辦活動的社團，而且和亨之間的感情也沒有好到假日也想要整天黏在一起。所以，我有足夠的時間可以和媽媽一起下田工作。

以前爺爺和奶奶一起在田裡幹活時，和他們一起下田是莫大的痛苦，但如果是和媽媽兩個人，即使向學校請假，我也願意一起幫忙。星期五晚上時，我常常對媽媽說：「我明天沒事。」但媽媽從來沒有要求我一起去田裡幹活，只是叫我洗衣服和準備三餐而已。

要我幫奶奶準備午餐時，我很想執意跟媽媽去農田，但我知道媽媽並不希望我這麼做。於是，久而久之，我常常說謊，假裝週末有事。

我並不是討厭下廚，而是討厭和奶奶說話。

「我從來沒想到沒有人依賴會這麼令人不安。我之前一直希望哲史娶仁美，仁美從四年制的大學畢業，又在公所上班，非常能幹，我可以安心依賴她。如果哲史沒有辭去在公所的工作……」

第一次聽奶奶這麼說時，我很想連同裝了豆皮烏龍麵的托盤一起砸向奶奶。但是，如果我這麼做，媽媽一定會罵我。

「媽媽不是也很努力嗎？」

我努力克制著想要破口大罵的情緒，用平靜的語氣回答。

「那只是千金大小姐在辦家家酒。」

如果可以殺了身體完全沒有問題、只有腦子出了問題的老人，不知道有多痛快。我在幻想的同時，克制著內心的怒氣。如果媽媽希望奶奶死，我會毫不猶豫地掐住奶奶贅肉都垮下來的脖子，但是，媽媽並不希望這樣。

媽媽總是用開朗的聲音、溫柔的笑臉，無私地為奶奶奉獻。萬一有強盜闖進家裡，如果把決定權交給媽媽，讓她決定到底要救奶奶還是我，搞不好她會選奶奶。

如果不理會奶奶，她明明可以自己洗澡，但媽媽扶著她走去浴室，為她洗背，最後還護送她回臥室。媽媽每天這樣細心照顧奶奶，奶奶居然還在背地裡說她是「千金大小姐」，根本就是出自女人的嫉妒。即使媽媽再怎麼無私奉獻，身上沒有絲毫千金大小姐的影子，奶奶也只看到媽媽以前的樣子。

仁美阿姨向媽媽租了外婆的房子，我曾經看到她來家裡送過幾次房租。奶奶會提到仁美阿姨的名字，並不是因為學歷或是工作的關係，而是對同樣是圓臉、塌鼻子的仁美阿姨有一種親近感。

我曾經向媽媽提議，要不要把奶奶送去老人院？媽媽露出好像在看壞蛋的冷漠眼神，不發一語地看著我。

「因為有奶奶，妳才能住在這裡，為什麼會有這麼可怕的想法？」

雖然只是因為想減輕媽媽的負擔才這麼提議，但是媽媽只覺得我想把奶奶趕出去。

我這麼說是為了媽媽著想！如果我可以哭著這麼對媽媽說，不知道該有多好。如果我可以緊緊抱著媽媽放聲大哭，不知道有多幸福。

每次有這種想法時，我就會打開里爾克的詩集，把以前住在山丘上的房子時，爸爸和媽媽經常朗誦的詩句抄在封面上有蔓性玫瑰圖案的筆記本上。我想殺了奶奶，想要破壞眼前所有的一切，想要放火燒了農田，也想一把火燒了這棟房子。

我想大聲叫喊，把這些想法說出來。

啊，原來是這麼一回事。我恍然大悟。

如果明天去學校，看到有人舉牌抗議，我也會一起叫喊。抗議的內容不重要，即使我完全沒有組樂團的打算，也會大聲主張廢除禁止樂團活動的校規，也會一臉認真地要求上體育課時不必穿緊身短褲，改穿普通的運動短褲就好。只要丟出第一塊石頭，就會毫不猶豫地一塊接著一塊丟，丟到砸破最後一面玻璃窗。那時候，樂團和緊身短褲早就已經被拋在腦後。

有時候我會和老師頂撞，也許就是想要發洩內心的鬱悶。

我猜想爸爸很清楚自己內心焦躁的來源，才會參加學生運動。我以為即使不看那些理論書籍，只要看日記和里爾克詩集，就可以充分瞭解爸爸。雖然我外表像媽媽，但內在更像爸爸，對此也並沒有感到任何不愉快。相反地，我以為我和爸爸站在同一陣線，都想要得到媽媽的愛，但是，爸爸背叛了我。不，他背叛了媽媽。

在那本大部分學生在高中三年期間，從來沒有打開過的學生手冊上，明確記載了禁止男女生交往。幾乎所有的學生都完全沒把這件事放在心上，積極向自己喜歡的對象表白，班對根本不稀奇，也有不少同學知道我和亨在交往，只是我沒有告訴媽媽。

班上有些女生會向媽媽傾訴和男朋友交往的煩惱，雖然我很羨慕，但我做不到。媽媽目前對我最大的期望，就是希望我能夠考進爸爸或外公的母校，或是其他相同程度的大學。所以，即使我和女生一起出門，她也不太高興，如果被她知道我和男生約會，一定會對我感到失望。

但如果媽媽要求我不要再和亨見面，我應該也不會為了見亨而不惜背叛媽媽。所以要說是因為這樣而不告訴她也是強詞奪理，只是我不想讓媽媽失望，也很珍惜和亨在一起的時間。因此，我們總是約在他家附近或是附近公園見面。

沒想到，我遇見了爸爸。我和亨一起在公車站等公車，看到一輛公車停在對面後，爸爸獨自下了車。他要去哪裡？他的同事住在這附近嗎？照理說，如果我在意，應該叫住爸爸，但以我們父女之間的關係無法輕易問這種事。

我的目光追隨著爸爸的背影，亨問我怎麼了。不知道為什麼，我無法告訴他，馬路對面的那個人是我爸爸。我謊稱忘記媽媽交代我的事，要去向租外婆房子的人那裡一趟。亨提出要陪我一起去，我又進一步說謊，說那個租房子的人可能會留我吃晚餐。

我繼續看著爸爸的背影，確認亨回家後，過了馬路，跟在爸爸身後。我為什麼要對亨說謊？一方面是因為不希望爸爸知道亨的事，但更因為我有一種不祥的預感。

我瞥到爸爸的側臉，和我所認識的爸爸完全不一樣，也許是因為爸爸的臉上充滿霸氣。那是我所不熟悉的爸爸，散發出秘密的味道。

到底是什麼秘密？我猜想爸爸可能去同事家打麻將。因為爸爸在日記中提到的唯一樂趣，就是他在大學時代學會了打麻將。可能他謊稱加班，其實是和同事一起打麻將。

把照顧奶奶的責任都推給媽媽，自己在幹什麼啊？但是，即使我逮到爸爸打麻將也沒有用。我想著這些事，跟在爸爸身後，發現他在一棟房子前停了下來。

那是我熟悉的、充滿懷念的地方。那是外婆的房子，仁美阿姨住在那裡。

玄關亮著燈。爸爸沒有按門鈴，就推門直接走了進去。

這是怎麼一回事？我感覺到自己心跳加速，躡手躡腳地走進了大門。院子和以前外婆住的時候一樣，只是因為過了這些年，長大變粗的樹枝恣意伸展，但四季的花卉不見了。

我躲在亮著燈光的客廳窗外，全神貫注地聽著客廳的動靜。仁美阿姨的說話聲、爸爸的說話聲，除了他們兩個人以外，並沒有其他人的動靜。

「親愛的，我煮了奶油燉牛肉，你不是很喜歡吃嗎？」

仁美阿姨叫爸爸「親愛的」。

「慘了，我忘了買沙拉醬。」

「自己做就好了。」

「我不知道要怎麼做，你來做好嗎？」

聽到仁美阿姨的聲音愈來愈尖，我心亂如麻。這是怎麼回事？這是怎麼回事？

我無法克制內心的情緒，走向玄關。門沒有鎖，我屏住呼吸，走了進去。玄關那幅繡球花的畫很適合這個家的感覺，以前外婆曾經告訴我，這是爸爸上門求婚時帶來的。

對面鞋櫃上有一幅相同尺寸的畫，一幅紅玫瑰的畫鑲在不太相襯的畫框裡。這幅畫我很熟悉，但為什麼會在這裡？

廚房內傳來仁美阿姨的聲音。

「要不要加幾滴醬油？」

我隔著掛在敞開的門上的珠簾向廚房內張望，看到了爸爸和仁美阿姨。仁美阿姨用小拇指攪拌著小碟子，直接伸到爸爸嘴邊，爸爸舔了她的小拇指。

「你們在幹什麼！」

聽到我的叫聲，仁美阿姨的肩膀嚇得抖了一下，小碟子掉到地上。她蹲下去，在地上撿小碟子，微微張開嘴巴，呆然看著我的樣子很做作，令人作嘔。

爸爸不為所動，露出好像在家裡看到我的眼神看著我。

「你們解釋一下！」

我明知道用情緒化的方式說話，無法打動爸爸，還是無法克制內心的怒氣。

「媽媽應該不知道這件事吧？你說每天在公司無薪加班，其實都是來這裡吧？

我無法原諒這種背叛行為！而且，這裡是外婆的家，你們腦筋有問題嗎？」

我一口氣說完這些話，爸爸只回答了一句：

「先坐下再說。」

我和爸爸一起走去客廳，把仁美阿姨獨自留在廚房。桌子上放了兩塊餐墊，上面放著刀叉、一瓶紅酒和葡萄酒杯。我們家的餐桌從來不曾出現這種東西，而且，我們家也從來沒有吃過奶油燉牛肉，更不知道爸爸喜歡吃。

我和爸爸面對面坐在桌前，好像我們正準備吃飯。

「你不覺得對不起媽媽嗎？」

爸爸仍然沉默不語。他從襯衫胸前口袋拿出香菸，點了火，緩緩地抽了起來，似乎在說，這樣就可以暫時不說話了。沾有口紅和沒有口紅的菸蒂一起擠在桌上的菸灰缸裡，我將視線從菸灰缸上移向爸爸。

「她比媽媽好嗎？」

爸爸還是沒有回答，吐了一口煙，好像在嘆氣。

「你們要離婚嗎？」

「那倒不會。」

爸爸好不容易說的話等於在我的怒火上澆油。

「那是為了讓媽媽繼續照顧農活和奶奶吧？讓媽媽在家裡做苦工，自己卻和別的女人勾勾搭搭，你根本是人渣。既然這樣，不如乾脆離婚，讓媽媽離開那個家。我和媽媽可以搬來這裡住，你和她可以去住自己的家。」

「事情沒這麼簡單。」

「哲史怎麼可能讓那個不諳世事、什麼都不會的大小姐一個人面對生活？」

仁美阿姨單手夾著點了火的香菸，走進客廳時說道。

「爸爸，你也這麼覺得嗎？」

爸爸沒有回答。沒有否定就是肯定的意思。

「你的時間停在哪一個階段？只要張大眼睛，就知道媽媽早就已經不是千金大小姐了。你之前不是說，我們家能夠撐到今天，不都是媽媽的功勞嗎？你忘了嗎？」

「家裡和外面的世界不一樣。」爸爸說。

「那我可以去工作。」

「妳太天真了。」

「對啊，妳不瞭解社會的嚴峻，所以才會覺得在二選一時，一定可以得到自己想要的東西。」

仁美阿姨坐在爸爸身旁，把只抽了三分之一的菸在菸灰缸裡捺熄了。最近廣告一直在宣傳這支裸色口紅，媽媽連續好幾年都搽同一支玫瑰紅色的口紅。
「難道妳知道社會有多麼嚴峻嗎？」
仁美阿姨的皮膚滋潤白皙，一看就知道很少曬太陽。她的手指修長，指甲也修得很漂亮，背挺得筆直，細腰上沒有肌肉，也沒有贅肉，完全感受不到她曾經為任何事而戰，也沒有歲月的痕跡。
「在妳出生前不久，我曾經和哲史一起為很大的目標而戰。」
「是學生運動嗎？」我問爸爸。
「對啊。」
「仁美阿姨，我沒有問妳，而是在問爸爸。因為參加過學生運動，所以就瞭解社會嗎？」
爸爸還是沒有回答。
「那是因為你沒有勇氣反抗試圖用暴力支配家庭的爺爺，所以才把精力消耗在外面的世界，不是嗎？不管越戰怎麼樣，不管日美安保怎麼樣，都不必擔心自己的心會直接受傷。你是因為瞭解這一點，所以才去參加學生運動。即使當時沒有這種想法，經過這麼長的時間，你應該早就察覺了。所以，才會希望建立一個美麗的家。」

爸爸張大眼睛，他應該察覺到我看了他的日記。

「沒想到你再次逃避……這次又是對什麼感到不滿？即使爺爺死了，仍然無法解脫嗎？還是公司有一個很愚蠢，卻自以為了不起的上司？和仁美阿姨在一起，就可以讓你感覺重回到當年參加運動時的感覺嗎？你不想離婚，是因為知道無法和仁美阿姨建立一個美麗的家，只是希望這裡成為自己的避風港吧？」

爸爸雖然沒有回答，雙眼始終注視著我，但聽我說了這番話，立刻移開了眼神。

「……懦夫。要媽媽保護你，還要其他女人保護你，請你有一點自覺，知道自己一個人活不下去，然後去向媽媽道歉。」

「妳說夠了沒有！」

仁美阿姨大叫著，從背後抱緊爸爸，好像要保護他。她竟然在我這個女兒面前這麼做，真受不了。想到他們在這棟房子裡創造出一個宛如純愛連續劇般的世界，就忍不住作嘔。但是……

「哲史是因為對妳和妳媽的關係看不下去，所以才不想回那個家。」

「仁美，妳……」

比起仁美阿姨突然提到我和媽媽，始終扮演被害人角色、沉默不語的爸爸突然開口打斷仁美阿姨的話，更讓我在意。爸爸是怎麼對毫無關係的外人說我和媽媽的事？

「我和媽媽有什麼問題嗎？妳倒是說清楚啊。」

雖然爸爸始終保持沉默，但仁美阿姨被我罵了之後，一副不反駁就不甘心的表情。於是，我乾脆問她。

「細節我就不知道了……」

仁美阿姨回答時，不時瞄向爸爸。

「只知道妳拚命想要取悅妳媽媽，但妳媽媽故意不理妳。這種情況讓哲史痛苦。」

我感到一陣揪心，想要嘔吐，好像有一隻手突然伸進我的喉嚨深處。雖然我氣得七竅生煙，卻無法反駁任何話，因為她說的都是事實。最不想被人知道的事，竟然就這樣被一個毫無關係的人若無其事地說出來，令我愕然。

仁美阿姨看到我的反應，似乎忍不住得意起來。

「只要妳放棄取悅妳媽媽，妳就可以輕鬆了，但妳的個性就是不服輸。因為太想要讓妳媽媽認同妳，反而總是做出一些傷害妳媽媽的事，真是太諷刺了。」

別說了。我很想大叫。誰來救我。我很想放聲大哭。我露出求助的眼神看著爸爸，他輕輕嘆了一口氣，移開了視線，彷彿很後悔和我四目相接，似乎在說，不關我的事。但是，我很清楚，仁美阿姨所說的一切，都是爸爸告訴她的。原來爸爸是這麼看我和媽媽的。

既然這樣，他不是應該努力解決問題嗎？難道書架上那些理論書中，完全沒有任何讓鄉村家庭過幸福生活的啟示嗎？

「但是，妳和妳媽媽關係不好，是無可奈何的事。因為那次的意外太悲慘了，相依為命的母親為了保護女兒而自殺，任何人都無法輕易放下。」

母親是指誰？女兒又是指誰？我的腦筋一片混亂，完全搞不清楚。她提到意外，我想到媽媽流產的事，但從她說話的感覺，好像是更久之前的事。

難道是指山丘上的房子在颱風天發生火災的事嗎？外婆死於那場火災。土石流沖倒了房子，外婆被壓在衣櫃下死了，也可能是被火燒死了。

「妳媽媽猶豫應該先救自己的母親還是女兒，火勢已經逼近，妳的外婆為了讓妳媽媽救妳，所以自我了斷了。」

「騙人！外婆的身體根本沒辦法動彈。」

「她是咬舌自盡的。對妳媽媽來說，比起心愛的母親被燒死，她更無法原諒她的母親保護了妳。因為，這等於親眼看到自己所愛的人最後選擇的不是自己……」

騙人，騙人，騙人，騙人，不要胡說八道！

我拿起葡萄酒瓶，對著仁美阿姨的頭敲了下去，然後衝出房子。我穿越街燈稀疏的窄路，來到海岸大道。除了上下學時間以外，每個小時只有一班公車。如果那時候公車要等很久才來，我可能會衝進公用電話亭，去向亭求助。

但是，公車剛好停在我的面前，好像叫我馬上回到媽媽身邊。公車上除了我以外，沒有其他人。我坐在後方的座位，滿腦子想著仁美阿姨的話。

外婆為了讓媽媽救我，才會咬舌自盡。

我看向車窗，努力使自己平靜。車窗上清楚地映照出我的臉龐，雖然大家都說我愈來愈像媽媽，但是因為那些人只認識媽媽，其實我和外婆長得一模一樣。

和藹可親的外婆。每次鑽進她的被子，就會悄悄地幫我暖腳……趕快回想那天的事，回想外婆說的話，和媽媽說的話。但是，腦海中響起的聲音也許並不是媽媽和外婆的對話，而是我自己的想像。

要好好愛這個孩子。

怎麼可能——

回到家，我不敢正視媽媽，我害怕知道真相。我很希望媽媽可以否定仁美阿姨說的話，希望媽媽可以證明，仁美阿姨是因為被我這個十幾歲的小孩罵得不甘心，所以才會根據道聽塗說的事添油加醋，捏造了最能夠打擊我的故事。

誰這麼說的？我絕對不原諒有人這麼褻瀆外婆。

在公車上，在夜色中走回家裡的路上，我一直想像著媽媽會對我說這句話。

但是，媽媽並沒有否定。她好像慢動作般地，難過地向我伸出雙手。我以為她要抱我。

多年來，媽媽獨自承受這份悲傷，如今終於決定讓我和她一起分擔。我的內心湧起了一股近似喜悅的感情，但是脖子同時感受到強大的壓力。媽媽那雙關節粗大的手指掐住了我的脖子，幾乎可以感受到指紋上的粗糙厚實指尖漸漸掐住我的喉嚨。

即使死在媽媽手上也沒有關係，但是，這樣不行……

我用盡渾身的力氣把媽媽推開，衝回自己的房間，用力按著門，但媽媽並沒有追過來。

我為什麼會在這裡？如果和夢想之家一起被燒死，在媽媽的回憶中，我將永遠是她疼愛的女兒。

我從里爾克的詩中挑選了可以聯想到媽媽和我的詩，抄寫在筆記本上，最後留了一句話給媽媽。到了和外婆去世的同個時間，我悄悄地來到院子，天空還很暗。

我很希望可以在房間內割腕自殺，但我的脖子上有紅色的勒痕，幸好倉庫裡有繩子和可以當作踏腳椅用的塑膠箱，幸好家裡是務農的。沒想到臨死之前，第一次為這件事感到慶幸，忍不住笑了笑。

我已經決定要在哪棵樹上結束自己的生命。自從搬來這裡後，我總是遠遠地看到媽媽充滿慈愛地摸著那棵樹，我猜想媽媽把那棵樹當成了外婆的化身，所以，我也把那棵樹當成是外婆樹。

媽媽可能對我在外婆樹上結束生命感到不高興，但我希望媽媽可以原諒我最後的任性，因為只有那棵枝垂櫻能夠包容我內心的恐懼。

媽媽，請妳原諒我——

明明已經向媽媽告別了，居然還會在黑暗中聽到媽媽的聲音，未免太一廂情願了；居然覺得媽媽緊緊握著我的手，實在太天真了。

而且，居然以為聽到媽媽叫我的名字。

沒錯，我的名字叫「清佳」。

◇

來吧，最後的痛苦，我願意接受你。

肉體組織中無可救藥的痛苦啊，
正如我曾經在靈魂中燃燒，看吧，我正在燃燒，
在你之中。木柴長久以來，
拒絕接受你點燃的火焰，
但我如今成為你的木柴，在你之中燃燒。
我大地般的寬厚將在你激烈的痛楚中，
變成並非這個世界的，地獄的怒火，
帶著純粹而盲目的，對未來的解脫，
我攀上痛苦狂亂的木柴堆。
沒有任何地方，可以像這樣
用這顆儲藏著沉默的心做為代價，
確實地購買未來。
此刻，燒得面目全非的那個我，仍然是我嗎？
我不願把回憶牽扯進來。
啊，生命啊，生命就是留在火焰之外。
如今在烈火之中的我，無人知曉。

終章

愛之歌

關於母性

「小律送了我章魚燒，我現在回去家裡一趟。」我傳了簡訊給媽媽後，準備前往田所家。

媽媽除了每個星期天去參加基督教的一個不知名宗派的活動以外，每天的生活幾乎和我以前住在家裡時沒什麼不同。

奶奶的身體愈來愈虛弱，臥床不起已經超過十年，老年失智症的症狀也逐年惡化，但至今仍然健在。雖然媽媽的負擔愈來愈重，但她在照顧奶奶時的表情很開朗。即使看到偶爾獨自回家的小律，或是又搬回鎮上的憲子姑姑一家人，奶奶也已經不認識他們。她叫所有的女人為「姊姊」，只有叫媽媽時，會叫媽媽的名字「留美」，還向定期看診的醫生和護士介紹：「這是我的寶貝女兒。」應該可以說，奶奶終於感受到媽媽的心意了。

奶奶也完全不認得我了，但我每個星期都會帶著伴手禮去看她。不管怎麼說，她是我的救命恩人。不知道她是否因為記得這件事，當媽媽以外的人拿東西給她時，她都不太敢吃，但總是迫不及待地伸手拿我帶去的伴手禮。

爸爸失蹤了十五年，三年前，突然兩手空空地回家，只帶了一個放在縐巴巴襯衫胸前口袋裡的空菸盒。仁美阿姨沒有和他在一起，他說在兩個人逃走的隔年，仁美阿姨就拋棄了他。他對媽媽和我鞠躬道歉，媽媽只說了一聲：「你回來啦。」

我不時夢見自己拿葡萄酒瓶把仁美阿姨打死的惡夢，每次醒來後就想，爸爸是不是為了袒護我而失蹤。我問爸爸，仁美阿姨還活著嗎？爸爸一臉受不了的表情說，用葡萄酒瓶打死人這種事只會發生在推理連續劇中……我想他在笑我。

爸爸是因為內心的罪惡感而逃走。

那個颱風的夜晚，爸爸回到位在山丘的家中，看到房子燒起來了，他立刻衝進屋裡。打開門後做的第一件事，是把那幅紅玫瑰的畫移到安全的地方。

當他再度回到家裡，聽到媽媽的慘叫。他急忙衝進房間內，探頭向衣櫃下張望，看到外婆已經咬舌自盡。爸爸問媽媽發生了什麼事，媽媽驚慌失措地回答說：

「歐卡桑叫我救那孩子，她自己……」

爸爸發現我也在衣櫃下，慌忙把我拉了出來，帶著媽媽一起逃出屋外。

如果不管那幅畫，或許可以把岳母也一起救出來。

爸爸為了逃避這份罪惡感，不敢面對媽媽和我。他用對自己有利的說詞，把這件事告訴了仁美阿姨，試圖逃避現實。但是，在那場意外發生的十二年後，被我撞見他和仁美阿姨單獨見面，仁美阿姨告訴我外婆自殺的事。

爸爸一直以為我知道外婆自殺的事，但是從媽媽口中得知我上吊的理由後，為自己把女兒逼上絕路痛苦不已，拜託仁美阿姨和他一起私奔。

仁美阿姨覺得自己也有責任，所以沒有通知父母，也沒有和公所聯絡，就拋下一切和爸爸一起逃走。來到大都市後，發現已經不再是把貧困生活視為幸福的時代，於是有一天，突然離開了爸爸。

爸爸向我道歉。

媽媽叫我原諒爸爸，我點了點頭。撿回一條命之後，我變得不願深入思考任何事，所以對爸爸也沒有任何憤怒的情緒。當我在病床上醒來時，媽媽握著我的手，叫著我的名字，就滿足了我所有的欲求。但我還是向爸爸提出一個條件，如果他戒菸，我就原諒他。爸爸露出苦笑，媽媽責備我說：「這樣未免太可憐了。」

爸爸和媽媽把農地剷平後建了溫室，開始栽培以康乃馨為主的花卉。雖然不能說很成功，但他們被鮮花包圍的身影經常讓我有一種似曾相識的感覺，也感到很滿足。

爸爸回來的第二年，我嫁給亨後搬離家中。亨曾經投入不合時宜的團體活動，在留下器物毀損的前科後，才終於發現如今邁入二十一世紀已經十年，暴力無法改變這個世界。

媽媽對上門求婚的亨深深地鞠了一躬說：

「請你務必要讓我盡己所能地疼愛，悉心照顧長大的女兒幸福。」

我完全沒有流一滴眼淚。外婆的房子成為我們的新家，每個季節，我都在院子裡種植不同的花卉，玄關則掛著爸爸的畫。

在鮮花盛開，令人聯想到山丘上房子的美麗家園窗邊，映照著父親、母親和女兒一家三口的身影，那是爸爸、媽媽和我以前的身影，或許也是亨、我和我們未來的孩子——我有預感也會是女兒——的身影。

當我告訴媽媽懷孕的消息時，媽媽流著淚，看著院子裡的枝垂櫻說，外婆一定很高興。我沒有問媽媽，那妳高興嗎？

我將為我的孩子做我希望從媽媽身上得到的一切，我要很愛、很愛、很愛這個孩子，把我的一切都奉獻給她。但是，絕對不會說「盡己所能地疼愛」這句話。也許我的孩子會覺得這樣的我很煩，但這也代表她得到了充分的愛。

歲月流逝。正因為時間會流逝，所以我對媽媽的想法也在改變，但是，女兒都會渴求母愛，而母親把自己渴求的東西奉獻給自己的孩子，這種想法不正是母性嗎？

手機響起收到簡訊的聲音。

「真期待，路上小心。」

老房子的偏屋亮著燈，媽媽在門內等我。

這是無上的幸福。

◇

我該如何把持自己的靈魂，
讓它不和你的靈魂接觸？我又怎能
讓它越過你，移向其他事物？
啊，我多麼希望把靈魂安放在某個暗處，
某個被遺忘的事物旁，
某個陌生而寂靜的地方。
讓它不再因你靈魂深處的顫動而顫動。
但是，你和我接觸的所有一切，
猶如小提琴的琴弓撥弦，
在兩根琴弦上，拉出同一個和音。
我們將被裝在什麼樂器上？
又是怎樣的琴手把我們握在手中？
啊，甜美的歌曲。

紀念訪談

從來不曾有人寫過的「母親和女兒」

湊佳苗

《母性》之前

我之前就一直希望，有朝一日要寫《母性》這部小說。

我曾想過，有朝一日成為作家後，有兩部小說是非寫不可的題材。其中一本是《贖罪》，另一本就是《母性》。

只有這兩本小說，是我向出版社主動要求「我想寫這樣的故事」。在寫《贖罪》之前，我在小說大綱中加了一句「無論如何都請讓我寫」，表達了強烈的意願，才交給責任編輯。在寫《母性》之前，我寫了一封信給責任編輯，「我打算寫這樣的故事，無論如何都請讓我寫」。這是我第一次主動寫信給編輯，提出希望寫這樣的小說。

很多看了《告白》和《贖罪》的讀者都和我分享，他們對作品中母親的形象印象深刻。看了這些意想不到的回饋，我認為很多人顯然對「母親」這個角色很有興趣，既然這樣，就必須認真思考母親到底是什麼，把我一直想要寫的那個故事寫出來。在我產生這種想法的時候，剛好準備著手進行出版社委託的工作。

我差不多是在二〇一〇年的秋天開始寫《母性》這本書，所以這部小說花了兩年時間才終於問世。

當時實在很難擠時間出來寫這部作品，但是事後回想起來，很慶幸是用直接出書的方式完成這部作品。在寫作的過程中，一旦覺得那不是我想要的感覺，或是缺少了什麼，或是發現想寫的內容和實際寫出來的內容之間有落差，我就會重讀已經寫好的內容，隨時修正故事的方向。如果是用連載的方式寫這本小說，就很難用這種方式逐一修改。

關於《母性》

《母性》是我抱著「能夠寫出這本書，從此不當作家也沒關係」的決心寫下的作品。我這麼說，或許有人誤會我已經失去了寫作的動力，但事實並非如此，而是我帶著只能用這種方式表達的「決心」，投入這部作品的創作。這是我出版的第十一部小說，但我覺得自己是帶著這部小說，重新踏入了文壇。

我很難說明為什麼想要寫《母性》這樣的故事，但是有一次我想到，女人應該可以分為「母親」和「女兒」這兩大類。就是可以成為母親的女人，和希望可以永遠當女兒的女人。換句話說，就是可以自然而然產生「母性」的女人，和無論如何都無法產生「母性」的人。

大家通常都認為，女人一旦結婚、生了孩子，都能夠自然地萌生「母性」，說得更極端一點，就是認為每個女人天生就有「母性」。

真的是這樣嗎？

每個女人都能夠成為「母親」嗎？「母性」看不見也摸不著，世界上真的有「母性」這種東西嗎？

我憑直覺認為並非如此。也許並不是每個人都具備「母性」，都能夠成為「母親」。有些女人在幸福的家庭長大，希望自己永遠是深愛的父母的女兒，希望父母永遠可以保護自己。比起當「母親」，更希望持續當「女兒」，不想長大。我相信一定有這種想法的女人。

我之前就想寫當父母一直停在人生的某個地點時，他們的孩子出生、成長的故事。我很好奇當父親和母親想要停留在自己幸福的時刻，他們的孩子會如何成長？

當我認為女人有兩種不同的類型時，這兩種想法就融合在一起。當一個母親一直希望自己是「女兒」時，這種母親的孩子，會帶著怎樣的心情長大？

想到這裡，因為母親缺乏「母性」，導致女兒過度渴求母愛的身影，就浮現在我眼前。

母親當然應該對女兒有母愛，而且只要母親有母愛，女兒根本不需要渴求母愛。但是，如果女兒得不到母愛，而變得過度渴求、要求過度的母愛，母女之間的關係就會產生不和。女兒認為自己不夠好，所以才無法得到母愛，於是就努力讓自己更好，試圖用這種方式得到母愛，最後終究只是白忙一場。渴求「母性」的狀態，就已經是不幸的起點。如果能夠面對現實，承認自己的母親沒有母性，不知道有多輕鬆。我在這個問題上的想像不斷膨脹。

想要持續當「女兒」的「母親」也一樣，即使認為自己可能沒有「母性」，也無法大剌剌地說：「我並沒有『母性』。」同時，還必須面對身為「女兒」時沒有意識到的問題：對自己來說，生下自己的人重要，還是自己生下的人重要？換句話說，對自己而言，「母親」和「女兒」到底誰更重要？

雖然之前有人寫過因為產後憂鬱症而煩惱的母親和女兒的故事，但我認為自己可以寫出一部和那種故事完全不同、前所未有的「母親和女兒」的小說。總之，我很希望各位展讀這個故事。如果各位能夠不帶有任何成見讀這個故事，我將感到莫大的喜悅。這是我有百分之百自信推出的作品，所以並不在意外界的評價，只覺得自己寫了想寫的故事，完成了這項工作。即使無法得到任何人的喜愛，我也對《母性》有著滿滿的愛，這樣就足夠了。

國家圖書館出版品預行編目資料

母性／湊佳苗 著；王蘊潔 譯-- 二版. -- 臺北市：皇冠, 2023. 09
面; 公分. --(皇冠叢書；第5116種) (大賞；152)
譯自：母性
ISBN 978-957-33-4066-9 (平裝)

861.57 112013017

皇冠叢書第5116種
大賞｜152

母性

母性

作　　者—湊佳苗
譯　　者—王蘊潔
發 行 人—平　雲
出版發行—皇冠文化出版有限公司
臺北市敦化北路120巷50號
電話◎02-27168888
郵撥帳號◎15261516號
皇冠出版社(香港)有限公司
香港銅鑼灣道180號百樂商業中心
19字樓1903室
電話◎2529-1778　傳真◎2527-0904
總 編 輯—許婷婷
責任編輯—蔡承歡
內頁設計—李偉涵
行銷企劃—薛晴方、謝乙甄
著作完成日期—2012年
二版一刷日期—2023年9月

法律顧問—王惠光律師

讀者服務傳真專線◎02-27150507
電腦編號◎506152
ISBN◎978-957-33-4066-9
Printed in Taiwan
本書定價◎新臺幣340元/港幣113元